愛經典

閱讀經典，成為更好的自己。

一位陌生女子的來信

brief einer unbekannten

史蒂芬·茨威格 Stefan Zweig——著　楊植鈞——譯

緣起

卡爾維諾說：「『經典』即是具影響力的作品，在我們的想像中留下痕跡，並藏在潛意識中。正因『經典』有這種影響力，我們更要撥時間閱讀，接受『經典』為我們帶來的改變。」因著經典作品獨具的無窮魅力，時報出版公司特別引進「作家榜」品牌母公司大星文化策劃的「作家榜經典名著」，推出「愛經典」書系，期能為臺灣的經典閱讀提供最佳選擇。

這一系列作品，已出版近百本，累積良好口碑，榮登各大長銷榜。這些作家都經時代淬鍊，作品雋永，意義深遠。我們所選的譯者，許多都是優秀的詩人或作家，譯文流暢通順好讀，更能傳遞原創精神與文采意涵。因為經典，時報特別對每部作品皆以精裝裝幀，更顯質感，絕對是讀者閱讀與收藏經典的首選。

現在開始讀經典，成為更好的自己。

目次

導讀

茨威格：洞燭人性幽微的世界主義者

受限，卻無限

一百多年前，一本名為《馬來狂人：關於激情的故事集》的中短篇小說集在萊比錫的島嶼出版社問世。該書的作者，奧地利作家史蒂芬・茨威格在致法國作家羅曼・羅蘭的信中寫道：「這部小說集的寫作已經停滯了六個月……原以為還得花費更多的時間來完成，可是，有一天，它突然就在那兒了……這是我的第二部小說集，我對它的即將出版愉快得無以名狀……」

事實證明，這部作品對於一直以來從事傳記寫作和報刊編輯工作的茨威格來說，具有里程碑式的巨大意義。在不到八年的時間內，它在德國售出了十五萬冊，裡面最著名的篇目〈一位陌生女子的來信〉和〈馬來狂人〉被改編成電影和舞臺劇，它們連同早期的中篇〈祕密燎人〉一道，成為茨威格早期小說的代表作。在納粹因其猶太身分而焚毀他的所有作品之前，他的小說、傳記、詩歌和戲劇銷量已經突破了百萬冊，他本人也成了當時乃至今日作品全球傳播最廣、譯文語種最多的德語作家之一。二〇二一年是茨威格誕生一百四十周年，德奧等地除了舉辦各種展覽紀念這位具有深厚人道主義情懷的作家以外，還推出了根據其生前最後一部小說〈西洋棋的故事〉[1]改編的電影。電影保留了小說中敘述者所說的一句話：「一個人越是受限，他在另一方面就越是接近無限。這些人貌似避世，實際上正像白蟻一樣用自己特有的材料構建著一個獨一無二、非同凡響的微型世界。」

受限，卻無限——或許，這句話不僅適用於〈西洋棋的故事〉裡那位高超的西洋棋奇才，也適用於茨威格其他小說的主人公。他們的思緒、情感和精神都受制於某個特定情境，他們的行動是他們內心激情的俘虜，他們的結局或是被命運和偶然的鏈條所牽制，或是被歷史和政治的暴虐所改寫，或是被自我和本能的烈焰所吞噬。在〈祕密燎人〉中，小艾德加初次察覺到成人和兒童的界限，不自覺地被那個「偉大的祕密」所吸引，人格發生了自己都無法理解的嬗變；在〈馬來狂人〉中，殖民地醫生出於高傲和欲望把一個女人推向死亡，為此負疚終生，只能像馬來狂患者一樣手持尖刀向前奔跑，沒有目標和記憶，直至倒地身死；〈一個女人一生中的二十四小時〉裡嫻雅的英國貴婦，只瞥了一眼某個賭徒的手，就被其深深吸引，毅然放棄家庭和子女，準備隨他而去；〈重負〉裡的主人公、逃兵費迪南，儘管熱愛和平，拒絕成為殺人機器，卻因為一張紙條而喪失了自我，無意識地對戰爭俯首稱臣；〈看不見的珍藏〉裡的收藏家一輩子都活在不存在的收藏品中間；〈日內瓦湖畔插曲〉裡的逃兵跳進水裡游向根本不在此地的故鄉；〈西洋棋的故事〉裡的B博士瘋魔一般下著腦海中的棋局；〈一位陌生女子的來信〉裡的陌生女子為一個稍縱即逝的身影獻出了自己的愛情與生命……

在茨威格所有的小說作品中，無論裡頭講述的是個體的命數還是歷史的浩瀚，都存在一個刺針一樣的、微小又神祕的「束縛」，它可能只是一句話、一個眼神、一個執念、一道稍縱即逝的思緒、一片曾經見過的風景、一場腦海中幻想過的會面，卻足以在主人公的生命中掀起風暴，把他們推向激情的淵藪。不是所有主角都能把自己內心的衝動轉變成非同凡響的微型宇宙，可是他們都在凝視內心深淵的過程中，感知到了一個更為宏大的維度的存在。一種不可觸摸的信號，猶如天啟，在身體的內部敞開，像是燒淨一切的烈焰，又似萌芽於隕滅的種子：「他感到，這陌生的、未知的力量先用銳器，再用鈍器把他肉體裡的什麼東西挖了出來，有什麼東西正在一點一點地鬆開，一根線一根線地從他密閉的身體裡解脫出來。瘋狂的撕裂停止了，他幾乎不再疼痛。然而，在體內的什麼地方，有東西在

1 作家榜經典名著譯名：〈象棋的故事〉。

燜燒，在腐爛，在走向毀滅。他走過的人生和愛過的人，都在這緩慢燃燒的烈焰中消逝、焚燒、焦化，最終碎成黑色的炭灰，落在一團冷漠的泥潭之中。」（〈心之淪亡〉）可以說，茨威格的小說是一個龐大的、關於束縛的寓言，它不僅僅關注著人的內心，也質問著那種對內心施加束縛和限制的力量。

心理小說，把握生命的瞬息萬變

茨威格把一九二二年發表的小說集命名為《馬來狂人：關於激情的故事集》並不是偶然的，他筆下的人物，無論是教養良好的貴婦、學識淵博的醫師，還是成長於貧民家庭的小姑娘，都像患上了馬來狂的人一樣，無法控制自己的行為，只能一路狂奔，直至毀滅。這種熱病一般既迷醉又失落的狀態，貫穿了《馬來狂人：關於激情的故事集》中的五篇小說。誠然，學界一直強調茨威格對佛洛伊德精神分析理論的文學應用，甚至把茨威格的心理小說視為對赫爾曼·巴爾領銜的維也納現代派作家的一種繼承：外部世界是不可把握的，一切處於躁動、衝撞與流變之中，只有把文學的描寫對象從客觀世界轉向主觀的心靈結構，才有可能把握生命體的瞬息萬變。多年來，茨威格的讀者一直津津樂道的正是作者解剖人物內心時手術刀一樣鋒利又精準的筆法，一個詞語所引起的病症般的狂熱都被放大到令人眩暈的程度。在他的筆下，人的器官和軀體好像擁有獨立的生命，情欲與無意識彷彿可以開口言說，而不再是沉沒在內心深處的船隻那微弱的火光。

〈一個女人一生中的二十四小時〉的主角與其說是那位英國女士和波蘭賭徒，還不如說是後者那雙像野生動物一樣的手：「那個男人的雙手……突然往空中伸去，像是要抓住什麼不存在的東西，然後重重地跌落在桌面上，死了。然而不一會兒，那雙手又活了過來，從桌上回到自己主人的身上，狂熱地，像野貓一樣沿著身體軀幹摸索，上下左右，一遇到口袋就迫不及待地鑽進去，看看還有沒有藏著什麼以前忘在那裡的錢幣。」而〈恐懼〉的主角與其說是伊蕾娜夫人，倒不如說是那種像人一樣躲藏在她內心的恐懼：「門外，恐懼已經等著了，她一出來就被它粗暴地抓住，心跳都停了幾拍，最後幾乎是無意識地下了樓。」

人的欲望就像身體症狀一樣，不存在可以預測的行為方式，這也是茨威格小說的最大張力所在。正如德國作家克勞斯．曼所言，茨威格的作品長銷不衰的原因之一在於，他在故事中強化了最具張力的部分，而把「死去」的部分加以剔除。茨威格的小說雖然總是關於受限，可是這種限制總能蔓生出新的張力與爆破點；它們就像病痛一樣，強化了疼痛的部分，以至於病者只能感受到傷口的灼熱，而忘記了軀體其他部位的存在。從這個方面講，「受限」也是茨威格打磨小說情節的策略之一。

映射時代和世界，探討「人的條件」

然而，將其作品簡化為心理分析小說，無疑是對茨威格作為一個卓越的敘事大師的貶低。在敘述風格方面，他的大多數中短篇都沿用了德語中短篇小說的一個特定框架：故事並不直接開始，而是透過主人公對一個第三者「我」的間接講述來展開。在傳統的敘事策略中，此舉是為了加強小說的真實感；可是在茨威格的筆下，敘事框架往往變成了可以遊戲和反諷的地方，也是其作品所隱藏的神祕之處。在〈夏日小故事〉裡，「我」並不是作為只會聆聽的第三者登場，而是介入了整個故事的塑造之中，牽引並闡釋著故事的走向；在極具玄學與宿命風格的〈夜色朦朧〉裡，由那位無名敘述者開啟故事，誰又能相信少年鮑伯的記憶與愛情只是一張明信片在他腦中觸發的想像呢——既然〈馬來狂人〉的主人公開始之時尚能掙扎著用「他」來講述自己的故事，〈夜色朦朧〉中坐在黃昏霧靄中的講述者自然也可能是在黑暗中低喃自己的過往。通過對自己的小說施加這種敘事框架的限制，茨威格意在跳脫傳統心理小說的桎梏，創造更為玄奧的敘事層次。

通過這些限制和束縛，茨威格就像〈西洋棋的故事〉中的B博士和琴托維奇一樣，用特有的材料建造著獨一無二的、無限的小說世界。讀者，尤其是中國的讀者，往往忽視了茨威格小說中強烈的政治傾向和世界主義情懷。茨威格對小說人物內心的洞燭並非為了解析個體的命運，而是意在映射時代和世界，探討「人的條件」。〈恐懼〉所講的不僅僅是婚外情，也是二十世紀初期歐洲中產階級在舊日的「榮譽準則」和個人幸福之間的動搖不定；〈看不見的珍藏〉的核心並非收藏家的偏執與幻覺，而是德國通脹時期的社會慘狀與精神危機；〈里昂的婚禮〉講述的不僅是里昂圍困期間的故事，還是對當代極權政治的隱喻；〈馬來狂人〉也並非只是講述東方情調的奇人異事，當代的研究者把它和作者後期的《麥哲倫》一起視為探索後殖民話語的重要案例，更不用說〈重負〉和〈西洋棋的故事〉這樣直接針砭時弊的作品。

茨威格對個體精神世界的聚焦和對壯闊時代的關注並不矛盾，兩者往往互為鏡像——歷史社會的印記是個人情感風暴的培養皿，個體幽微的內心則是對世界狀態的終極寓言。事實上，茨威格的創作總是在個人經歷——傳記寫作——虛構文本三者之間游弋：〈馬來狂人〉就是茨威格多次東方之行後的作品，〈重負〉直接來源於作者本人在瑞士養病期間的經歷，〈里昂的婚禮〉則是在寫作傳記《約瑟夫・富歇：一個政治家的肖像》途中衍生的小說。在茨威格的文學創作坐標系中，自傳、他傳和虛構共同影響其作品的最終定型，在這三者的交互影響下，誕生了其具有無限閱讀與闡釋維度的作品宇宙。

以幽微人性，達成更深刻的批評

遺憾的是，在一百多年間，歐洲和中國的讀者對茨威格作品的所有解讀由於不同的原因和作品的原軸產生了一定的偏離。在德國和奧地利，茨威格一直是最受爭議和批評的作家之一。和中國讀者的傳統想像不同，茨威格本人並沒有因為猶太血統和反戰立場而備受尊崇；相反，許多著名作家曾經公開對茨威格表示過厭惡和蔑視。

二十世紀二〇年代，在德奧文化界曾捲起過一股「茨威格抨擊潮」，代表人物偏偏是當時奧地利文壇的三位頂級作家——卡爾・克勞斯、胡戈・馮・霍夫曼斯塔爾、羅伯特・穆齊爾。克勞斯批評茨威格的作品逃脫不了哈布斯堡王朝的懷舊烙印，沉浸於用煽情的故事討好諸國讀者，無視德語文學的真正時代精神：「茨威格先生精通世界上所有的語言——除了德語。」穆齊爾厭惡茨威格的外交手腕和做派：「他喜歡周遊列國，享受各國部長的接待，不停地巡迴演講，在外國宣揚人道主義，他是所謂的國家精神的業務代理人。」霍夫曼斯塔爾一直不承認茨威格戲劇作品的價值，在薩爾茲堡戲劇節的審核中多次親自把茨威格的劇作剔除。

在茨威格生活的時代，他遭受了種種責難和非議。他的一生都在不停地旅行，並熱衷於和各種作家、名人、外交官建立關係；他被作家同僚諷刺為「漂泊的薩爾茲堡人」，到處出席作家協會和筆會的活動，在各種慶典上發表演說，在美國和南美巡迴演講；和他熱衷外交和宣傳自己作品的做派相反，茨威格本人在一生中從未加入任何政治陣營，也沒明確表達過反法西斯的意向，哪怕在流亡時期，他也未曾公開或者在作品中表達過任何支持猶太人和反對納粹德國的意向。一直保持沉默和疏離的茨威格受到了其他流亡作家的非難；他的自傳《昨日世界》出版後並沒有像今天這樣受到推崇，而是招來了一片罵聲。諾獎得主、德國作家托瑪斯・曼說這部作品「可悲又可笑，幼稚至極」，因為茨威格在書中規避了時代和政治，甚至煽動民眾主動回避與納粹相關的問題；德國思想家漢娜・鄂倫毫不留情地指責茨威格「無知到嚇人，純潔到可怕」，因為他居然「在這部堂而皇之的傳記中還用假大空的和平主義套話來談論一戰，自欺欺人地把一九二四至一九三三年之間充滿危機的過渡期視為回歸日常的契機」。

誠然，茨威格對政治的疏離和寫作的方式為他在歐洲招致了長達幾十年的罵名。然而，從另一個角度看，茨威格是二十世紀罕見的、真正具有世界主義情懷的作家。他作為擁有百萬銷量的作家和熱愛文化事業的旅行者活躍在國際文學界，跨越了語言和種族的障礙，積極地通過各種刊物和譯著為德奧居民傳播先進的文學文化（比如通過他的努力，比利時作家維爾哈倫在德國獲得關注），而且還參與建立了今日的國際筆會。同時，通過他的大量不受國別限制的文學與傳記作品，茨威格在某種程度上促成了歐洲文化的一體化，從而間接對抗了納粹所代表的右翼思想和極端民族主義。事實上，和茨威格曾經為其寫過傳記的伊拉斯謨一樣，茨威格本人規避政治並非因為怯懦和自欺欺人；和〈重負〉中的費迪南一樣，他已經清楚意識到戰爭機器的殘酷，然而他選擇了用另一種方式表達自己的抵抗，那就是通過寫作，通過一種謹慎的審視，一種精神上的文化統一體的理念，一種不受限制的文學世界主義。與通過政治立場的作秀來彰顯反戰精神相比，茨威格更擅長通過對人性幽微的洞燭來展示世界的狀態，從而達成一種更深刻的批評。與大多數同時期的作家不同，茨威格的小說作品一直聚焦人物纖毫的內心，挖掘其中的無限，從而在另一層面上通過人類的執念和受限的方式來展示歷史對個體命運和自由的束縛。〈西洋棋的故事〉何嘗不是一個抨擊納粹暴政的故事呢？在B博士最終的自我作戰與對弈幻覺中，破壞的機制已經成型，若不是命運的眷顧，他可能不只是一個受害者，甚至會成為殺戮機器中的一個零件。

今時今日，茨威格的作品和人生在歐洲引起了越來越多的反思和關注。二〇一六年，德國導演瑪麗亞．施拉德根據茨威格生平改編的電影《黎明前》聚焦茨威格和妻子在自殺前的最後日子，試圖讓他們悲劇性的決定變得可以理解；名導韋斯．安德森二〇一四年入圍柏林電影節的電影《歡迎來到布達佩斯大飯店》，其靈感也來源於茨威格的自傳《昨日世界》，並擷取了〈一個女人一生中的二十四小時〉和《焦灼之心》等作品中的片段。可見在我們的時代，越來越多的人嘗試從新的角度理解茨威格，理解他小說世界裡的束縛與無限，理解他作品中的人性幽微處，理解他的文化世界主義，還有他對一個逝去的歐洲的幻夢。

不受時代與國別限制的雋永魅力

早在二十世紀初，幾乎和歐洲同步，中國便已引進了茨威格的作品。一九二五年，中國學者楊人楩在《民鐸》雜誌上撰文〈羅曼．羅蘭〉，並提到了「刺外格」（茨威格）一名。三年後，茨威格的傳記《羅曼．羅蘭》在商務印書館出版，由楊人楩翻譯，茨威格的作品自此為中國讀者所熟知。二十世紀八〇年代，國內掀起了一場「茨威格熱」，他的小說、傳記、劇本和散文成了國內德語文學譯介的主流，並讓佛洛伊德的精神分析和維也納現代派等德奧文學文化潮流在國內日益深入人心。此外，他的小說在國內還被多次改編成舞臺劇和電影。茨威格在中國掀起的閱讀熱潮在德語作家中可謂前所未有，甚至在歐洲，《維也納日報》等主流媒體也對其作品在中國的影響力之大表示震驚。和茨威格同時代的其他奧地利大作家，如卡爾．克勞斯和約瑟夫．羅特等人，其作品在中國的翻譯和推介要滯後半個世紀甚至一百年，這一方面是因為中國國情，另一方面也從接受史的角度證明了茨威格作品具有不受時代和國別限制的雋永魅力。

二〇一九年，我在德國柏林攻讀博士之際，受作家榜的邀請，接受了茨威格中短篇小說集新譯本的翻譯工作。該小說集精選了茨威格創作生涯中最具代表性和影響力的名篇：既有來自其三部最具代表性的小說集——《初次經歷：兒童國的四個故事》、《馬來狂人：關於激情的故事集》和《情感的迷惘》中的作品，也有一些在報紙雜誌上單獨發表的優秀篇目，如〈看不見的珍藏〉和〈重負〉。所翻譯的原文主要來自兩部奧地利出版的茨威格小說最新編注版本——維也納佐爾奈出版社的《最初的夢》和《情感的迷惘》；此外，〈里昂的婚禮〉參照的是德國費舍爾出版社的《茨威格小說三篇》（一九八五年第一版）；〈西洋棋的故事〉則參照德國費舍爾出版社的同名單行本（一九八八年第一版）。非常巧合的是，我接受委託之前所住的公寓，恰恰位於布蘭登堡州馬婁市內一條名為「史蒂芬・茨威格大街」的街道上。誠然，茨威格的盛名很難和馬婁這座郊區的小鎮有什麼直接的聯繫；不過，就算在人煙稀少的小鎮裡，也能在路牌上見到茨威格的名字，這不正好佐證了茨威格作品永恆的價值？作為一個真正的世界主義者，他從未讓自己的故事囿於任何一個地方和情景，而總是通過探索人物內心的深淵，來建築自己獨具一格的小說宇宙。這種「受限」和「創造」之間看似矛盾、實則共生的關係，既是他作品的終極定義，也是他人生的寫照。

二十多年前，我還在一座破敗的縣城小學裡上學，在學校門前的書攤上買到了我的第一本茨威格小說，懷著好奇又激動的心情讀了〈一位陌生女子的來信〉。這篇小說的一字一句都在我心裡留下了難以磨滅的印象，並一直伴隨我度過了最孤獨的中學時代，影響了我在上大學之際的專業選擇。可以說，茨威格的書改寫了我人生的路徑。在茨威格一百四十周年誕辰之際，我有幸完成了全書的翻譯。此前，茨威格的中短篇小說集已經有了諸多經典的、膾炙人口的譯本，我自然不敢誇口拙譯會更勝一籌。然而在以往的版本中的確存在風格和敘事不統一的地方，比如對茨威格句式結構和遣詞造句的簡化——讀過德語原文的讀者都會被茨威格那繁複又纖細的文筆折服，都會為其句子的綿長和複雜而讚歎，那是一種只有後哈布斯堡時代的作家才會有的紛繁繾綣的風格，要是為了淺顯易懂而把句式拆解甚至口語化，恐怕有違譯文信達的原則。我試圖在原作者的風格和讀者閱讀的流暢感之間達到一種平衡，並恢復茨威格作品中那種在經典譯本中部分散失的原始節奏。由於翻譯時限和編輯版本存在差異（比如不同版本差異較大的〈日內瓦湖畔插曲〉），譯文中的紕漏和不當之處懇請各位讀者批評指正。

杨植钧

於德國布蘭肯費爾德—馬婁

二〇二一年十二月

一位陌生女子的來信

某天一大早，知名小說家R在經歷了清爽的山間三日行後回到維也納。他在火車站買了份報紙，瞥了一眼上面的日期才發現今天是自己的生日。四十一歲，他腦海中飛快地閃過一個念頭，這件事既沒讓他高興，也沒使他難過。他匆匆翻閱了一下報紙，便坐一輛租來的車子回到了自己家。傭人告訴他，他不在的時候有兩位客人到訪，還有幾通未接的電話，說罷便把一個盤子遞上，上面堆積著這三天收到的信。

R漫不經心地瞥了一眼那疊信件，隨手抽出幾封寄信人看起來有點意思的信；其中有一封特別厚重，上面是未見過的陌生字跡，於是他就把它推到了一邊。這時候，茶已經沏好，他愜意地躺進一把扶手椅裡，又翻了翻報紙和幾份印刷品；末了，他點了根雪茄，拿起那封放回去的信。

這是一封匆匆寫成的信，二十幾頁，字跡陌生而忐忑，該是出自一位女子之手，看起來更像手稿而非信件。他下意識地摸了摸信封裡面，看看有沒有夾著什麼附函之類的。不過信封裡除了這封信就沒有別的東西了，和信本身一樣，既沒有寄信人的地址，也沒有署名。真是奇怪，他心想，把那封信拿在手中。「為你而寫，從未認識我的你」這幾個字既是對收信人的稱呼，也是信的標題。他讀到這裡停了一下，滿臉驚異，寫信人是在對他說話嗎，還是說在呼喚一個根本不存在的夢中人？他的好奇心突然甦醒過來，於是接著往下讀：

三

我的孩子昨天死了——這三天三夜，我為了救回這個弱小的生命，一直在與死神搏鬥。他得了流感，發著高燒，瘦弱而滾燙的身子顫抖個不停，而我，一整天都守在他的床邊。我用冷水浸溼毛巾，敷在他滾燙的額頭上，不分日夜地握著他那不安的小手。第三晚的時候，我崩潰了。我的眼睛再也睜不開了，眼皮不自覺地合了起來。我在僵硬的椅子上坐著睡了三、四個小時，醒來時才發現死神已經把我的孩子奪走了。他現在躺在那兒，我可愛的、孤苦伶仃的孩子，他躺在他那張狹窄的小床上，和離開人世的時候一模一樣，只是人家合上了他的眼睛，他那聰明的、烏黑發亮的雙眼。他穿著白襯衫，雙手交疊在胸前，床的四角蠟燭閃爍。我不敢望向那邊，我動都不敢動，因為每當那些蠟燭在風中顫動，他的輪廓也會在微光裡隨之活動起來；這時我就會覺得，他還沒死，他還活著，還會醒來，會用他那清澈又溫柔的聲音對我說話。可是我知道，他死了，我不想再望向他，不想給自己虛假的希望，不想被再一次拋進絕望的深淵。我知道，我知道的，他死了，我的孩子，昨天，死了——現在在這個世界上，我除了你之外，什麼都沒有了，你是我的唯一，但你卻對我一無所知，你總是遊戲人生，從不認真對待身邊的人和事。我只剩下你了，從未認識我的你，永遠被我所愛的你。

我點燃第五支蠟燭，把它立在書桌上，正是在這張桌前，我給你寫著信。因為我不能和我那夭折的孩子獨處一室，和他在一起我會歇斯底里地狂吼，在這麼一個可怕的時刻，如果不對你說話，那我還能對誰說呢？因為你曾經是我的全部，如今依然是我的全部！可能我已經開始語無倫次，可能你根本聽不懂我在說什麼——我的大腦麻木了，太陽穴怦怦地跳動，四肢疼痛不已。我覺得自己發燒了，可能那到處傳染別人的流感也瞄準了我。那正好，因為要是我死了，就可以去黃泉陪我的孩子了，沒必要再苦苦掙扎，與自己作對。有時我會眼前一黑，或許我根本就沒能力寫完這封信——可是我要集中剩餘的力量，只為了對你訴說，哪怕一次也好，我親愛的你，從未認識我的你。

我只想與你一人交談，把所有的事都告訴你；你應該知道我的一生，因為那其實也是你的一生，雖然你對此一無所知。不過，只有在我死了之後，你才能知道我的祕密，那時無論發生什麼事，你都不必再答覆我了，只有在我的身體由熱變冷、即將告別人世的那一刻，你才能知道真相。如果我僥倖活了下來，我就會把這封信撕掉，對一切保持沉默，正如我一直以來所做的那樣。如果此刻你手中拿到了這封信，那你就該知道，給你寫信的這個女人已經死了，可是她還是要向你訴說她的一生，因為從見到你的那一刻起，直到死前的最後一秒，她的一生都是屬於你的。請不要害怕我將要對你說的話，一個死人不會向你索求任何東西，她既不要你的愛，也不要你的同情與安慰。我只有一個請求，那就是，請相信我在這裡忍著劇痛向你坦白的一切。相信我對你說的一切，這是我對你唯一的願望：一個人在失去她僅有的孩子的那一刻，是不會說謊的。

我要向你坦白我的一生，它開始於我與你相遇的那一天。在遇見你之前，我的生命是一片迷濛不清的混沌。我的記憶不再觸及那一段人生，只能模模糊糊地想起一個地窖，裡面積滿灰塵，結滿蜘蛛網，淨是發霉的東西與麻木的人，我的心對此早已一無所知。你到來的那天，我十三歲，和你現在住的是同一棟房子；就在這個地方，你拿著我的來信，那是我生命的最後一縷氣息。而在多年前，我和你住在同一條走廊的兩側，我的房間在你的對面。你肯定記不起我們母女了，我母親是一位會計師的遺孀（她總在哀悼去世的丈夫），而我當時是一個半大不小、瘦骨嶙峋的小女孩——我們過得很低調，幾乎淹沒在我們那小老百姓生活的貧苦之中——你或許聽都沒聽過我們的名字，因為我們門上連門牌都不掛，沒有人會來找我們，沒有人過問我們的事。那一天距離現在已經十五、六年了，不，你肯定不記得了，我親愛的你，可是我自己記得很清楚。啊，我會狂熱地回想那天的每一個細節，直到今天我還記得第一次聽說你、看見你的那一天。不，那一刻，我又怎麼會忘呢？因為對我來說，世界是在那時誕生的。親愛的，請你耐心聽我一一道來吧，請給我十幾分鐘的時間，我會把一切從頭講起，不要厭煩，畢竟我愛了你一輩子也沒有厭倦過。

在你搬進我們這棟樓之前，住在你這個屋裡的是一戶窮凶極惡、愛惹是非的人家。儘管他們家境也很困難，卻偏偏最憎恨我們家的貧困，因為我們的清貧與他們那種粗野的窮困潦倒沒有任何共同點。那個男人總是喝得爛醉，還毆打他的妻子；我們夜裡常被踢翻椅子和摔碎盤子的聲音吵醒。有一次，那個女人被打得頭破血流、披頭散髮，她猛地跑上樓梯，而她丈夫在背後怒吼如雷，直到鄰居醒來後威脅他要報警才肯甘休。我母親從一開始就避免和他們家接觸，也不准我和他們的孩子說話，他們因此對我懷恨在心，一有機會就對我加以報復。在街上遇到我的時候，他們在我身後喊髒話，有一次甚至用硬邦邦的雪球砸我，把我的額頭打得流血。整棟樓的人都痛恨這戶人家，以至於後來——我想，應該是那個男人因為竊盜罪被抓走了——他們終於帶著全部家當搬出去的時候，大家都鬆了一口氣。住宅的轉租單在前門掛了幾天便被人取了下來，新住戶的消息透過門房不脛而走，據說要搬進來的是一位作家，一位文靜、獨居的先生。那是我第一次聽到你的名字。

幾天後，油漆工、粉刷匠、清潔工和負責室內裝潢的人來翻新公寓，把前任住戶留下的惡劣痕跡清除乾淨。雖然整日敲敲打打，又是裝修又是大掃除，母親還是感到心滿意足，她說，現在隔壁那邊的烏煙瘴氣終於要消失了。在搬家的時候我也沒有見到你本人，你的管家負責監督裝修工程，這位矮小、嚴肅、一頭灰髮的管家不動聲色、實事求是地指揮著一切。他給我們大家留下了非常深刻的印象，因為管家這種職業在我們郊區的住宅裡簡直聞所未聞。他對每個人都一視同仁，禮貌得體，卻又不會自降身價去和僕人說長道短。從第一天起，他就像對待淑女一樣向我母親致意，哪怕對我這個乳臭未乾的小女孩也是充滿信任，從不兒戲。他提起你的名字時，總帶著某種敬畏、某種特殊的恭敬，一眼就能看出來，他和你之間遠遠不啻普通的主僕關係。對他——我們的好人老約翰，我總是充滿好感，雖然我也嫉妒他，因為他能時刻在你身邊，為你效勞。

我告訴你這一切，親愛的，所有這些近乎荒唐的瑣事，這樣你才能明白為什麼你從一開始就占據了我這個膽怯、害羞的孩子的整顆心靈。在你踏進我的生命之前，你周圍已經有一圈光環，一個充滿著財富、奇蹟和祕密的領域——我們這些住在郊區小房子裡的平民（生活窘迫的人總是對門外的一切新鮮事物充滿好奇）迫不及待地等著你搬進來。

某天下午我放學回家，看到搬家的車子停在我們這棟房子前面，我的好奇心突然一發而不可收。大部分重物已經被搬運工抬上了樓，現在他們正在一件一件地搬運小物品。我在門口停了下來，對眼前的景象驚歎不已，因為你擁有的東西都是我見所未見的，都那麼奇特，那麼與眾不同，有印度的神像、義大利的雕塑和色彩鮮亮的大幅畫作，最後還有書，數不清的書，精美到我無法想像的書。它們在門口疊成一堆，管家一本本地拿起來，用撣子小心翼翼地撣掉上面的灰塵。我好奇地繞著越疊越高的書走。管家沒有打發我，但也沒有鼓勵我拿起一本來看看；於是我什麼東西都不敢碰，雖然我很想摸一摸書本那柔軟的皮革封面。我害羞地側頭看了看標題，有法文的，還有英文的，還有一些印著我看不懂的語言。我想，我當時繞著它們看了幾個小時，直到被母親叫進屋去。

整個晚上，我都在想你，在認識你之前，我只有十幾本用破紙板裝訂的廉價書，我愛它們勝於一切，總是讀了又讀。而現在，我迫不及待地想知道，這樣一位藏書萬卷、富有、博學，而且還懂得這麼多門外語的人，到底會是什麼樣子。一想到那數不清的藏書，我就對你湧起一股超凡脫俗的敬畏。我試著想像你的樣子：你是一位老先生，戴著眼鏡，留著長長的白鬍子，酷似我們的地理老師，只是更善良，更英俊，更溫柔——我不明白，為什麼當時下意識覺得你會很英俊，畢竟在我的腦海裡，你是一位年事已高的老先生啊。那晚，我夢到你了，儘管我們素不相識。

第二天你搬進來了。儘管想盡一切辦法窺探，我還是沒看見你的樣子——這使我的好奇心節節攀升。終於，在第三天，我見到了你。見到你的第一眼，我是多麼震驚，你和我想像中的樣子完全不同，壓根就不是什麼孩子眼中慈祥老人的形象。在我的腦海裡，你應該是一位慈眉善目、戴著眼鏡的老人，然後你出現了——今天的你和當年一模一樣，一點也沒變，歲月沒在你身上留下任何痕跡！——你穿著一身淺咖啡色的、迷人的運動裝，上樓的時候總是一步兩級樓梯，那麼輕盈自如，簡直像個孩子。當你摘下帽子的時候，我看到你那開朗陽光的臉龐和朝氣蓬勃的頭髮，驚訝得說不出話來。真的，見到你這麼年輕、帥氣、苗條、輕快又優雅，我的震驚簡直無以言表。多麼神奇啊！在這第一秒裡，我就已經清楚地感覺到了你性格中的兩面，那是使我還有其他人都無比驚詫的存在：一方面，你是個熱情的男孩子，不喜歡被束縛，愛玩耍，愛投身各種冒險；可是另一方面，你在自己的藝術領域裡又嚴肅得近乎無情，你明白自己的使命，知書達理，學識淵博。正如每個人在你身上能感受到的那樣，我無意識中發現了你的雙重性格——一面充滿陽光，對著世界敞開；另一面則不為人知，處在黑暗之中——這種深深的分裂、你存在的祕密，我作為一個十三歲的女孩，只需一眼就看出來了，並為之淪陷。

你現在明白了嗎，親愛的？你對我這個孩子來說是一個多麼神奇而誘人的謎！有那麼一個人，他因為寫書而在廣闊的世界上名聲大噪，受到萬人景仰，現在，我卻突然發現他是個年方二十五的熱血青年，優雅、開朗、孩子氣。我還要告訴你，自從我見到你的那天起，在我們這棟樓裡，在我那貧乏得可憐的孩子的世界裡，你就是唯一。我只對你感興趣，我以一個十三歲孩子的全部執拗與堅持圍著你轉，關注著你的生活、你的存在。我偷偷觀察你，觀察你的生活習慣，還有那些來找你的人。這一切非但沒有讓我得到滿足，反而越發激起我對你的好奇，因為從那些千奇百怪的來訪者中可以窺見你的雙重性格。他們當中好些是年輕人，是你的同事，你和他們一道歡笑，意氣風發；還有一些是穿著寒酸的學生；然後便是乘著香車寶馬而來的淑女和歌劇導演，以及我曾在遠處充滿敬畏地注視過的那些大指揮家。來找你的還有一些是在讀商學院的小女生，她們總是面帶羞赧，飛也似的從你家門口溜進去。其實來找你的女人很多，太多了。我當時並沒往那方面想，哪怕有一天早上上學的時候，我見到一位女士蒙著厚厚的面紗從你家裡出來——畢竟，我當時才十三歲，還是個孩子，在強烈的好奇心驅使下，我一心只想著要窺探和竊聽你的生活，卻沒有意識到，我已經愛上你了。

親愛的，我還清楚地記得自己完全為你淪陷的那一天、那一刻。當時我正和一個學校裡的女同學散步，我們站在大門邊聊天。這時一輛車開了過來，在門旁停住，你矯健而急切地跳了下來——那神態至今依然令我心醉——正想走進門去。我下意識地想幫你開門，卻不小心擋住了你的去路，我們倆幾乎撞了個滿懷。這時，你用你那種熱烈、溫柔、包容一切的眼神看著我，深情地朝我微笑——沒錯，我只能說，深情地——然後你用一種異常溫柔，幾乎是親密的聲音對我說：「謝謝你，小姐。」

這就是全部，親愛的！從那一刻起，從我感受到你那溫柔深情的眼神的那一刻起，我就徹徹底底地迷上了你。不久之後我卻發現，無論對哪一個女人，你用的都是這種眼神——那是一位天賦異稟的誘惑者的眼神，它好像在把眼前的人拉進懷裡，深深地擁抱，同時還把對方剝了個精光。無論是對路上遇到的陌生女子，對那個賣東西給你的女店員，還是對每個為你開門的女傭，你都一視同仁。那深情的眼神其實並無任何特別的意圖與傾向，它之所以那麼溫柔，只因為你對世間每一位女子都溫情脈脈而已。然而，我——一個十三歲的孩子，對此一無所知，當時我的身體好像在熊熊燃燒。我以為你那深情的目光是只給我一個人的，只屬於我，就在那一瞬間，我身體裡那個處在豆蔻年華的女人甦醒了，從那一天開始，她將永遠臣服於你。

「那是誰啊？」我同學問道。我不能馬上回答她，我無法就這樣說出你的名字，這一刻，它對我來說是神聖的，已經成為我心中的一個祕密。「哦，是住在這裡的一位先生。」我一臉尷尬，結結巴巴地說。「那他剛才看你的時候你為什麼臉紅呢？」同學諷刺道，帶著一個好奇孩子的全部惡意。我覺得她在嘲笑我的祕密，馬上氣得兩頰發燙。為了掩飾自己的難為情，我的語氣變得粗野起來。「蠢貨！」我毫不客氣地對她說。在這一刻，我真想掐死她。然而，同學只是笑得更大聲、更諷刺，直到我感到淚水在眼眶裡打轉，氣憤得快要昏厥。我丟下她一個人，自顧自地跑掉了。

就是從那一刻起，我愛上了你。我知道你總受女性寵愛，也總從她們口中聽到「愛」這個字。但是相信我，沒有人像我這樣愛你——愛得毫無尊嚴，死心塌地，彷彿我是你的奴隸、你的狗。而且直到今天，我依然是當初那個瘋狂愛著你的小女孩，因為世界上沒有任何東西可以與一個孩子那不為人所留意的愛相比。她長年生活在黑暗之中，看不見一絲希望，唯一能做的就是關注你的人生，付出全部的熱情，為你做牛做馬，這和成年女性那種充滿渴求，並在無意識中要求對方回應的愛情是完全不同的。只有孤獨的孩子才能彙聚心中的全部激情；精於社交的人則總是揮霍自己的感情，將之浪費在一些小情小愛中——他們聽說過或是閱讀過很多愛情故事，早就知道它是人生中不可避免的一部分。他們像對待玩具那樣玩弄它，用它來向全世界吹噓，正如男生炫耀自己拿到的第一支菸。但我既沒有可以傾訴心聲的人，也沒有人來教我或者警告我，我就是一個毫無經驗、懵懵懂懂的小孩，我投身於自己的命運，就像墜入深淵。

我身體裡所有暗暗滋長的東西都只認得你一個，對你所做的夢是我唯一的陪伴。我父親很早就去世了；母親退休了，鬱鬱寡歡，膽小怕事。學校裡那些學壞了的女同學一直排斥我，她們總是逢場作戲，藐視我心中認為重要的東西；對我而言，它是人生最後的激情。正因為如此，我才會把我的整個人，把我那整個分崩離析、只是強行拼湊起來的人生都獻給了你。在我心中，你是——我該怎樣對你解釋呢？畢竟任何對比都顯得太蒼白無力了——

你是一切，你是所有，你是我的整個生命。只有與你有關的事才算得上存在，我的存在只在與你有所關聯的那一刻才有意義。你改變了我的一生。之前，我在學校裡只是一個透明人，對什麼都提不起興趣。自從愛上你之後，我突然成了班上的第一，每天夜裡讀書讀到深夜，就這樣讀了一千多本，因為我知道，書是你的摯愛；而且，我還固執地開始學起鋼琴來，這讓母親大吃一驚，因為我相信，音樂肯定也是你的所愛。我清洗和縫補每一件裙子，只為了在你面前顯得乾淨得體，惹人喜愛。當我發現我的舊校服裙左側有一塊四角形汙漬的時候（這是母親用她自己在家裡穿的裙子改的），心裡害怕得要命。我擔心你已經看到了這塊汙漬，並因此蔑視我；於是上學的時候我總用書包擋住這個位置，上樓時害怕得渾身顫抖，怕自己被你看到。然而這一切是多麼愚蠢，你從來沒有，那以後也幾乎沒有正眼看過我一次。

可是啊，實際上我每日每夜除了守著你、看著你，什麼也沒做。在我們家門上有一個黃銅貓眼，透過那個小圓孔，我可以看到你家門口。這個小孔——不，別笑我，親愛的，哪怕今天我也沒有因為當時的事自慚形穢！——那些年，它是我觀察這個世界的窗口，我蹲在冰冷的前廳裡，躲開疑慮重重的母親，手裡拿著一本書，就這樣一個又一個下午地守在它前面，全身緊張得好比琴弦，等待著你出場彈奏。我一直關注著你的一舉一動，忐忑忑忑，坐立不安。我就像你口袋裡上好發條的一塊懷錶，在黑暗中耐心地計算你的分秒，測量你的時光。我那聽不見的心跳和你的步伐協調一致，然而你從來感受不到我的存在，我悄然滴答一百萬秒，你可能匆匆看我一次。我知道關於你的一切，我知道你的每一個習慣，見過你的每一條領帶、每一件西裝，我知道所有你認識的人，並且很快就能把他們分門別類，分為我愛的和我討厭的。從十三歲到十六歲的這三年裡，我每時每刻都棲息在你的身體裡。

哦，我當時做了那麼多傻事！我親吻你的手碰過的門把手，偷偷撿起你進門前扔掉的每一個菸蒂——對我來說它很神聖，因為它接觸過你的嘴唇。夜裡我總以各種各樣的藉口跑到街上，看看你的哪個房間裡亮著燈，從而感受你的存在，哪怕見不到你本人，也要知道你在。在你外出旅行的那幾個星期裡——當我看見善良的約翰提著你的黃色旅行袋下樓時，幾乎因為恐懼而心臟驟停——我好像死了一樣，人生失去了全部意義。我悶悶不樂地踱來踱去，無所事事，生全世界的氣，還要時刻提防著，以免母親看到我淚流滿面的樣子，讓她察覺到我的絕望。

我知道，我跟你說的這些都是小孩子才會做的傻事，都是誇誇其談，胡言亂語。我應該為這些事感到羞恥才對，然而我沒有。因為，在這些幼稚得過分的事情中，我體驗到了對你的最純淨、最熾烈的愛。我可以跟你說上幾個小時甚至幾天幾夜，告訴你當時你在我生命中扮演了什麼樣的角色，儘管你幾乎從不看我一眼。你每次在樓梯上朝我迎面走來而我又無法避開的時候，我都會低下頭來，像個準備投河自盡的人，因為我害怕你那熾熱的目光，怕自己會被它焚燒殆盡。我可以用幾天幾夜跟你講述那些逝去的歲月，娓娓道來你生命中的每一章；可是我不想讓你厭煩，也不想用自己的事折磨你。我只想把自己童年時最美好的回憶託付給你，請你不要嘲笑我，因為這些雖然是微不足道的小事，對那個小女孩來說卻是整個宇宙。

某個星期天，你出門遠行了。管家剛剛把你家那些厚重的地毯拍打乾淨，正想拖回房間裡。善良的約翰看起來很吃力，我突然自告奮勇上前問能不能幫他一下。他滿臉驚訝，但還是滿足了我的請求。於是，我便看到了——如果能用言語向你表達我當時的敬畏和虔誠就好了！——你住的地方，你的世界，你平時所用的那張書桌，書桌上插著幾朵花的藍色花瓶，還有你的書櫃、你的掛畫、你的書。雖然我只匆匆地、像個小偷似的瞥了你的生活一眼——因為約翰、你那忠實的管家，不讓我仔細地察看你的世界——可是這一瞥已經足夠。我如飢似渴地吮吸你生活的整個氛圍，無論是夢是醒，我都能以此為養分，編織出對你的無限幻想。

這飛逝而過的一分鐘，是我童年裡最快樂的時刻！我要把它告訴你，這樣，從未認識我的你就能知道，在這個世界上有一個人曾為你而生、為你而死。除此以外，我也想告訴你另一個時刻，那個最可怕的時刻，它就發生在我看到你公寓的那天之後不久。剛才我已經告訴過你——因為眼裡只有你，我忘記了自己身邊的一切；我既沒有留意母親的事，也不在乎其他人。我沒注意到，一位來自因斯布魯克的商人老先生，也是我母親的某位遠親，那段時間越來越頻繁地到我們家來，而且每次待的時間越來越長。這反而讓我高興，因為他每次都會帶母親去看戲，我則可以一個人留在家裡——想念你、觀察你，那是我最高的，也是唯一的幸福。

有一天，母親把我叫到她的房間，她閃爍其詞，說是有什麼重要的事要跟我說。我臉色煞白，聽到自己的心突然怦怦直跳，她是不是對我產生了懷疑，猜到了什麼？我第一個想到的就是你，因為你是連接我和世界的祕密。可是母親在坦白的時候自己也覺得難為情，還溫柔地親了我一兩次（她從來沒有這樣做過）。然後母親把我拉到沙發上，猶豫又害羞地告訴我：她的鰥夫親戚向她求婚了。她決定接受，主要是為了我著想。熱血湧上我的心頭，那刻我的內心深處只有一個想法，我只想到了你。「那我們之後還能繼續住在這裡嗎？」我結結巴巴地問道。「不，我們要搬到因斯布魯克，費迪南在那裡有一棟漂亮的別墅。」我兩眼一黑。之後她說的話，我一個字也想不起來。後來我才知道，我昏倒了。我聽見母親小聲地告訴一直在門後等著的繼父，我當時伸開雙臂，朝後踉蹌了一步，然後像鉛塊一樣倒了下去。

接下來的幾天，我、這個無能為力的孩子，竭盡全力反抗著母親那不可忤逆的旨意，這經過簡直無法用言語描述。哪怕是現在，在我寫著這段話的時候，回想起當時的一幕幕，手就抖個不停。我無法坦白我真正的祕密，所以當時的反抗在他們看來似乎不過是任性妄為、惡意反抗。沒有人再跟我說話，一切都是幕後安排好的。我上學的時候他們就搬家，每次回到家時，總有一件家具被騰空或賣掉。我們的公寓日益破落，我的生命也被漸次清空。有一次，我回家吃午飯時，搬運工正在把剩下的家具往外拖。空蕩蕩的房間裡堆滿了我和母親的行李箱，還有兩張行軍床。我們只能再睡一晚，最後一晚，第二天就出發去因斯布魯克。

在這最後一天，我突然強烈地意識到，你不在的話，我根本活不下去。除了你，我沒有其他的救贖。我說不上來這是不是我當時的想法，因為在這絕望的時刻我已經喪失了一切思考能力。這時——母親突然不在了——我猛地站起身來，校服都沒換就走到你家門前。不，不是走，是我僵硬的雙腿把我帶到你的門前的，我顫抖不已的身體好像被磁鐵吸引了過去。我剛剛已經說過，我並不清楚自己想要幹什麼。我想匍匐在你的腳邊，求你讓我當你的女傭、你的奴隸；可是我怕，怕你嘲笑這個十五歲小女孩那天真無邪的激情。然而，親愛的，你不會這樣做的，要是你知道我當時站在外面冰冷的走廊上，因為恐懼而雙目失神，被一種不可理解的神祕力量吸引著，顫抖著抬起一隻手臂——這幾秒鐘的掙扎就像在地獄裡般漫長——一根手指按下了門鈴。那刺耳的門鈴聲今日猶在耳畔；那緊隨其後的寂靜，讓我的心跳都停了，我全身上下的血液都停止了流動，只為諦聽你前來的腳步聲。

可是你沒來，沒有人來。那個下午你肯定不在，老約翰也出門辦事了；我摸索著回到我們那間已經被清空、面目全非的公寓，耳朵裡還在隆隆作響，迴蕩著急促的鈴聲。我筋疲力盡地倒在一塊毯子上，雖然只走了四步，卻勝似在厚厚的積雪中走上幾小時。我已經累得沒有任何想法，除了在臨走前見到你，和你說話的決心。我向你發誓，我對你的想念與肉欲無關，我只想見到你，再見你一次，最後一次，讓你把我摟進懷中。親愛的，我就這樣等了你一整夜，那是漫長而可怕的一夜。母親剛躺在床上睡著，我就走到前廳，偷聽你什麼時候回家。那是個酷寒的一月的夜晚，而我在門前等了你一整晚。我四肢酸痛，筋疲力竭，房間裡沒有我可以坐下的椅子；我躺在冰冷的地板上，從門底吹進一陣陣寒風。我穿著單薄的衣服躺著，被冰冷的地面硌得生痛，因為我沒蓋毯子；我不想為自己取暖，因為我怕，我怕會睡著，錯過你的腳步聲。我全身發痛，兩腳顫抖著疊在一起，雙臂寒戰不已，我不得不一次又一次地站起來，因為在黑暗中是那麼寒冷，那麼瘮人。可是我等，繼續等，我等著你，彷彿等著自己的命運。

最後——當時肯定已經凌晨兩三點了——我聽到了樓下大門開鎖的聲音，有人正在上樓梯。寒冷彷彿一下子從我身上褪去，我全身火燒火燎起來；我輕輕打開門，準備衝向你，跪倒在你的腳下……啊，我完全不知道，自己這個孩子當時會幹出什麼蠢事來。腳步聲越來越近，我已經看到燭光閃爍。我用顫抖的手按住門把。是你嗎，來的人是你嗎？沒錯，是你，親愛的——但你不是自己一個人。我聽見一陣輕柔又曖昧的笑聲，連衣裙滑過地板的聲音，還有你那深情的嗓音——你帶著一個女人一起回家……

我不知道那天晚上自己是怎麼熬過來的。第二天早上八點，母親和繼父把我拖到因斯布魯克，我已經沒有力氣反抗了。

三

我的孩子昨天夜裡死了——現在，如果我還打算繼續活下去的話，就得孤身一人。他們明天一早會來——那些穿著黑衣、高大粗野的陌生男人，他們會把我那可憐的、唯一的孩子裝進棺材裡。朋友也許會來，帶著花圈，可是棺材上的花朵又有什麼意義呢？他們會用言語安慰我，言語、言語、言語，然而言語又能幫到我什麼？我知道，我終將孤身一人。沒有什麼比在人群中感到孤獨更可怕的了。

那時我才發現，在因斯布魯克那彷彿看不到盡頭的兩年裡——從十六歲到十八歲，我過的是囚犯般的生活，彷彿遭人排斥一般，生活在家人之間。繼父是冷靜而沉默寡言的男人，待我很好。母親總是滿足我所有的願望，好像在為自己無意中對我犯下的不公平贖罪。

身邊的年輕男子對我趨之若鶩，然而我卻激烈地反抗著，讓他們全部吃閉門羹。離開你之後，我不想過得快樂，不想在你缺席的情況下獲得幸福與滿足，於是把自己關進了一個充滿孤獨與自虐的黑暗世界。我沒有穿上他們給我買的豔麗的新衣服；我拒絕聽音樂會、上劇院，或者和大家一起興高采烈地去遠足；我幾乎足不出戶。

親愛的，要是我說，在這座生活了兩年的小城裡，我連十條街的名字都叫不上來，你會信嗎？我在哀悼，而且我只想哀悼，看不到你，其他的東西我統統不想要了，甚至迷上了一無所有的感覺。而且，除了狂熱地想和你融為一體，我不允許自己被其他的事分心。我獨自一人待在家裡，時時刻刻，日日夜夜，除了想你，什麼也不做。我千百遍地回憶你的每一個細節，和你的每一次相遇，為你付出的每一次等待，不斷地在腦海中刷新自己的記憶，彷彿是在劇院裡，為自己演出每一幕場景。因為我無數次地回憶過去的每一秒，所以整個童年在我的記憶中火熱依舊，過去幾年的每一分每一秒在我心中都那麼熾烈、那麼鮮活，彷彿它們昨天才流經我的血脈。

那時，我的心思全在你身上。我買了你所有的書；如果你的名字出現在報紙上，我會一整天都欣喜若狂。你知道嗎？我把你的書讀了一遍又一遍，以至於書中的每一行我都熟記於心。如果有人在夜裡把我從睡夢中叫醒，對我說一句你書裡的句子，哪怕是十三年後的今天，我也可以接著背誦下去，彷彿身處夢中：你的每一句話對我來說都是福音和恩賜。

世界因你而存在；我之所以會關心維也納報紙上的音樂會和首映會，只因為樂於幻想你會對其中哪一場感興趣，因此夜幕降臨之時，我就可以在遠方陪伴著你：此刻，你走進了大廳；此刻，你坐了下來。我做了一千個夢，只為了在夢中的音樂會與你相遇一次。

可是，為什麼要告訴你這些呢，為什麼要用一個孤苦伶仃的孩子那憤怒、自責與絕望的狂想來折磨一個對此一無所知的人呢？然而那時我真的還是個孩子嗎？我十七歲了，即將十八歲——年輕人開始在街上對我眉目傳情，但這只會讓我充滿怒火。因為，愛一個不是你的人，哪怕只是逢場作戲，對我來說也不可思議！我從來沒往這方面想過，哪怕只是稍微動了邪念，在我眼裡也是犯罪。我對你的熱情一如往日，只是我的身體變了、覺醒了，它變得更敏感，更具肉欲，更風姿綽約。以前那個天真又遲鈍的孩子，那個守在你門前的孩子，根本就想不到，有朝一日她腦子裡只有一個念頭，那就是：把自己奉獻給你，為你獻身。

周圍的人覺得我很害羞，說我內向（我守口如瓶，隻字不提自己的祕密），但在我心裡，一個強烈的想法已經根深柢固。我所有的想法和願望都只有一個目標，那就是回到維也納，回到你身邊。我對此固執到了荒謬的程度，在其他人看來簡直不可理解。我的繼父很富有，他對我視如己出。但我頑固地堅持自己出去工作謀生，最後設法找到了維也納的親戚，成了一家大型服裝店的員工。

在一個薄霧濛濛的秋夜——終於！終於！——我抵達了維也納。我還需要告訴你我下車之後的第一站是哪裡嗎？我把手提箱放在火車站，一頭衝進有軌電車——它開得那麼慢，每一站都讓我抓狂——然後直奔你的家門。

你房間的窗戶亮著，我的心怦怦直跳。維也納對我來說是那麼喧鬧，那麼陌生，那麼毫無意義。直到那時，在靠近你的那一刻，它在我心中才活了過來，我自己才活了過來，因為我知道你就在附近，你——我永恆的夢！我當時沒想到，實際上，我與你的心之間的距離，還是無比遙遠，彷彿隔著無盡的河流與山谷。那一刻我只知道，在你和我目光炯炯的兩眼之間，只隔著一扇閃閃發亮的單薄玻璃窗，我只要抬頭就能看到，那裡有燈光、有房子、有你、有我的世界。兩年來，我一直夢想著這一刻，現在上天總算把它贈予了我。在那個霧靄迷濛的漫漫長夜，我守在你的窗下，直到燈火熄滅才開始尋找棲身的地方。

每天晚上我都這樣站在你家門前。每天我都要在店裡工作到傍晚六點，那是份苦差事，但我幾乎要愛上它了，因為忙碌的工作讓我忘掉了自己的痛苦。身後店鋪的鐵捲簾一落下，我馬上就奔向那個心之所繫的地方。見你一次，就一次，那是我唯一的心願，哪怕在遠處偷偷地看也沒關係。大約一個星期後，我終於遇到了你，在我完全沒有預料到的一刻：我正抬頭想窺探你的窗戶，你便穿過街道朝我走來。突然間，我又變成了孩子，那個十三歲的孩子，我感覺血湧上了臉頰；儘管內心深處無限渴望感受你的目光，我卻不由自主地壓住了自己的衝動，把頭低下來，匆匆從你身邊跑過。後來一想到自己當時像個女學生那樣羞怯而逃，我就很難為情，因為現在我已經清楚地意識到自己的心願了：我想見你，我要去找你，我想在暗淡的歲月之後被你再次認出來，想受到你的注意，被你所愛。

然而，你一直對我視若無睹，儘管每天晚上我都不畏維也納的刺骨寒風與暴雪，站在你家所在的那條小巷裡。我往往白等幾個小時，最後見到你在友人的陪伴下離家，有兩次甚至是和女伴，這時我才察覺到自己真的長大了。在心臟突然抽搐的那一刻，我感受到了對你從未有過的全新感情，一見到那些陌生的女人如此自信地與你手挽手走路，我的靈魂彷彿被一撕為二。我從童年時代就知道你會帶女人回家，所以並不感到驚訝，但現在突然感到了一種幾乎是肉體上的疼痛，有什麼東西在我身體裡劍拔弩張；一想到你在光天化日之下和這些女人卿卿我我，我的內心就充滿了恨意，同時也希望取代她們的位置。有一晚，我像個孩子一樣賭氣，故意不去等你，可是這充滿叛逆與固執的一晚是多麼空虛、多麼可怖。第二天晚上，我再次謙卑地站到你家門前，久久地等候著，守在你那對我塵封的生活跟前，因為那是我的命運。

終於，有一天晚上你注意到了我。我遠遠就看到你走過來，決定咬緊牙關，這次一定不躲開。幸運的是，當時正好有一輛貨車要卸貨，你只能在狹窄的街道邊緣與我擦身而過。你漫不經心地掃了我一眼，遇上我專注的目光——就在這時，我體內的回憶馬上驚醒過來！——我認出了你那吸引女人的一瞥，那麼溫柔、那麼深情，彷彿把我擁入懷中，又像要把我剝個精光，你那無所不包、勾魂奪魄的目光，那讓我從女孩蛻變成女人的目光，讓我愛上你的目光。有那麼一兩秒鐘，你定定地凝視著我，我根本無法移開目光，也不想移開——然後你就從我身邊走了過去。我的心怦怦直跳，不由自主地放慢了腳步，當我懷著無法遏制的好奇心轉過身看向你時，發現你停了下來，久久地回頭打量我。你好奇地看著我的樣子馬上就讓我意識到，你沒有認出我來。

你沒有認出我，當時沒有，從來沒有，一次也沒有。親愛的，那一秒裡的失望，我該怎麼向你描述呢——我的命運就是不被你認出來，我將與這命運同生、共死，那是我第一次因此而痛苦；對你來說，我是陌生的，永遠都是陌生的。我該怎麼向你描述這種失望啊！你看，在因斯布魯克的這兩年裡，我每時每刻都在想你，想像著我們在維也納的第一次重逢，除了最幸福的結局，其他每種可能的結局我也都設想過了，包括那些最惡劣的——這取決於我當時的精神狀態。所有可能發生的情況我都在想像中經歷過了，在最低落的時候我甚至想過你會當面推開我、蔑視我，因為我醜、微不足道、咄咄逼人。你的嫌棄、你的冷漠、你的無所謂，所有這一切我都在充滿激情的幻想中排練過了。可是還有一種情況，哪怕在我最自卑、心情最惡劣的時刻我都不敢去想，那就是你根本不知道我是誰。

今天我總算明白了——啊，你給了我多麼慘痛的教訓——一個女孩或者女人的臉，對男人而言只是虛無縹緲的東西！它只是一面鏡子，用來反射男人自己內心的激情、稚氣或者厭倦，所以它也像鏡中的影像一樣易逝。也就是說，男人很輕易就會遺忘一個女人的面容，因為它會隨著年齡與光影變化萬千，甚至取決於不同服飾的襯托。那些聽天由命的女人，才真正看清了一切。但我呢，我當時只是一個小女生，根本無法理解你為什麼會忘了我，因為我內心那對你永無止境的激情使我誤以為你也在日夜思念我，等我回來；我怎麼受得了事情的真相，要是知道我對你來說什麼也不是，你的記憶裡根本沒有我這個人，我還怎麼繼續生存下去！而當時你的目光讓我清醒了，它告訴我：你身上沒有任何關於我的記憶，沒有任何點滴可以連接你我的人生，這是我第一次墜入現實的深淵，也是我第一次看清自己的宿命。

你當時沒認出我。兩天後，我們再次相遇時，你用某種熟悉的目光打量著我，然而你認出的只是兩天前在某處偶遇的一個十八歲的俏女孩，沒有認出當年那個一直愛著你、在你身上學會了愛的女孩。你喜出望外，友善地看著我，嘴角浮現出一抹淡淡的笑意。你又一次從我身邊走過，同時放慢了腳步，我顫抖不已，在心裡歡呼，祈禱著你能對我說句話。我第一次感覺到，我因為你而充滿了生氣：我放慢了腳步，沒有躲開。突然間，我沒有轉身就感覺到你站在我身後，我知道，馬上就要聽到你對我說話了——這是第一次，你將用我愛戀的嗓音對我說話。強烈的期待讓我渾身麻木，我害怕極了，不得不停下腳步，心在胸膛裡怦怦直跳——然後你走到了我的身邊。你向我搭訕的語氣很輕鬆開朗，彷彿我們是很久以前就認識的朋友——啊，你完全沒有意識到我的存在，你對我的人生一無所知！你和我說話的方式如此無拘無束，簡直不可思議，我甚至覺得自己可以接上你的話頭。我們一起走到巷尾，然後你問我，要不要一起吃飯。我說好。我又怎麼能拒絕你呢？

我們在一家小餐館吃飯——你還記得它在哪裡嗎？哦不，你肯定無法把那晚與其他類似的夜晚區分開來。因為，我對你來說算什麼呢？千百人中的一個，無窮無盡的冒險中的一次。我有什麼特別的地方能讓你記住呢：我都沒怎麼說話，因為有你在身邊，聽你對我說話，已經是無上的幸福了。我不想用一個問題或一句愚蠢的話，浪費我們相處的時間。這一刻我對你無比感激，永遠不會忘記你怎樣使我狂熱、令我敬畏，你說話的時候是多麼溫柔、多麼輕盈、多麼得體，沒有糾纏不休，更沒有急著獻殷勤。從第一刻起，你就以朋友一般的親切對待我，哪怕我不是早就把全身心獻給了你，你當時的談吐也會贏得我的好感。啊，你沒有讓我五年來的幼稚期待落空，你根本不知道那天晚上你使我多麼的欣喜若狂！

天色已晚，我們離開了餐廳。在門口，你問我是不是趕時間。我怎麼可能隱瞞呢——我早就準備好要留在你身邊了！於是我說還有時間。然後你略帶猶豫地問道，想不想再和你閒聊一會兒。「很樂意。」我說，自然而然地順應了自己的內心，並立即注意到你對我這麼快就接受邀請感到尷尬，不過也喜出望外；無論如何，你當時很明顯地表露了驚訝。直到今天，我才理解你為什麼那麼吃驚。我知道，一個女人面對這樣的邀請，哪怕她再渴望獻身於眼前的這個人，通常也會表示拒絕，假裝自己很害怕或者很生氣，必須透過追求者的懇求、謊話、誓言和承諾來平息。我知道，也許只有情場老手、妓女，或非常天真的十幾歲孩子，才會不假思索、樂不可支地應允這樣的邀請。然而，在我身體裡——你對此一無所知——可是積聚了數以千計的日子裡的思念啊，它們忍不住噴薄而出，化成千言萬語。

不管怎樣，你當時都被我嚇到了，開始對我感興趣。我感覺到，在我們邊聊天邊往你家走的時候，你時不時從側面打量我，難掩臉上某種驚異的神色。你像魔術師一樣對人類的內心洞若觀火，此刻肯定立刻就察覺到了某種不尋常的東西，意識到眼前這位漂亮，又親切可愛的女孩心裡藏著一個祕密。你的好奇心被激發了，我從你迂迴曲折的詢問中察覺到，你想打探我心底的祕密。可是我避開了，我寧願在你面前顯得傻裡傻氣，也不想讓你知道我的祕密。

我們往你樓上的房間走去。原諒我，親愛的，你完全無法理解這條走廊、這段樓梯，對我來說意味著什麼。對我而言，它是喧囂與迷亂，是抓狂與痛苦，是幾乎致命的幸福。哪怕是現在回想起那個地方，我也無法不落淚，只是，我真的已經哭乾眼淚了。請你好好感受一下吧，那裡的一事一物都滲透著我的激情，象徵著我的童年、我的渴望。就在這扇門前，我等了你一千次；就在這段樓梯上，我每天都聽著你的腳步聲，並第一次與你相遇；就是透過這個貓眼，我幾乎靈魂出竅一般窺視著你的一舉一動；就在這張門墊上，我為你跪了下來；還有你用鑰匙開門的咔嗒聲，每次聽到我都會嚇得跳起來。我的整個童年、我所有的激情，都凝聚在這幾平方公尺寬的空間裡，這裡是我的生命開啟的地方。現在，在這裡，命運像風暴一樣席捲了我；在這裡，一切願望都得以實現，我和你並肩而行，只有我和你，在你的家裡、我們的家裡。你想想——這話聽起來有點俗濫，可是我想不出別的表達——現實在你的家門前戛然而止，枯燥的日常世界在此終結，這扇門是一個孩子的魔法王國的起點，門後是阿拉丁那天方夜譚的世界。你想想，我無數次地用灼熱的雙眼凝視著這扇門，而現在我顫顫巍巍地跨過了門檻，你會感覺到——然而只是感覺到，因為你永遠不知道發生了什麼事，親愛的！——就是這天地變幻的一刻，把我從自己的人生中解放了出來。

那天夜裡，我一步都沒有離開你。你不知道，在此之前沒有男人碰過我，也沒有人感受過或看到過我的身體。但你又怎麼會知道呢，親愛的，因為我沒有任何反抗就把自己交給了你，我讓自己不要因為羞恥而猶豫，否則就會暴露我愛你的祕密，這樣肯定會使你受到驚嚇——因為你只想遊戲人生，逍遙自在，你害怕干涉別人的命運。你想揮霍自己，向世界上的每一個人求歡，卻不想要任何人的犧牲。親愛的，如果我現在告訴你，我把自己獻給你的時候還是處女，請你一定不要誤會我的意思！我無意控訴你，你沒有勾引我，也沒有欺騙我——我，我是自己送上門的，是我撲到你的懷裡，把自己交給命運。我永遠——永遠不會指責你；不，我只會永遠感謝你，因為那一晚我是多麼滿足，幸福得彷彿在雲霧間飄浮，而夜晚就在眼前閃爍著欲望的微光。我在黑暗中睜開眼睛，感覺到你睡在我的身邊，這時我驚訝地發現頭頂居然不是星空，因為那時我覺得天堂近在咫尺——不，我從不後悔，親愛的，我從來沒有為了這一刻而後悔。我還記得：你熟睡的時候，我能聽到你在呼吸，感覺到你的身體和我的身體緊緊相貼。在黑暗中，我因為幸福而熱淚盈眶。

第二天，我很早就走了。我要去店裡上班，而且想在管家到來之前離開，不能讓他看到我。當我穿好衣服站在你面前時，你把我擁入懷中，久久地看著我；是一段模糊而遙遠的記憶令你心旌蕩漾嗎，還是說，你只是覺得我很漂亮、很動人而已？末了，你親了親我的嘴唇。我輕輕推開你，想要離開。這時你問我：「你不想帶些花走嗎？」我說好。於是你從書桌上的藍水晶花瓶中取出四朵白玫瑰（啊，我只在小時候偷偷溜進你房間那時候看見過一次）送給我。接下來的幾天，我一直在親吻這幾枝玫瑰。

我們約好在另一個晚上見面。我赴約了，我們又度過了美好的一晚，隨後又度過了第三晚。然後你說，你要出遠門了——哦，我從小就討厭這些旅行！——你答應我，回來之後馬上跟我聯繫。我給了你一個郵遞地址——我不想告訴你我的名字。我必須守住我的祕密。你又送了我幾朵玫瑰花，作為告別禮。

你不在的這兩個月，我天天都問自己……啊不，向你描述我等你回來的痛苦和折磨又有什麼意義呢？我不會譴責你，因為我愛著你原本的樣子——你熱情、健忘，總是對別人獻出一切，卻又總是無法恪守忠誠；我愛的是最真實的你，無論是過去還是現在。你旅行回來已經很久了，我看到你房間的窗戶在夜裡亮著，但你一直沒有給我寫信。直到生命的最後一刻，你都沒有給我寫過一行字，儘管我把自己的一生都交給了你。我一直等，一直等，不抱任何希望。但你沒有給我打電話，也沒給我寫過一句話……一個字也沒有……

三

我的孩子昨天死了——他也是你的孩子。這是你的孩子，親愛的，他是我們在一起的其中一晚的結晶。我向你發誓，我所說的都是真的，在死亡的陰影下沒人能夠說謊。那是我們的孩子，我向你發誓，因為從我把自己交給你的那一夜起，直到他從我身體裡誕生的那一刻，沒有其他男人碰過我。你的觸摸讓我在自己眼中變得神聖，我怎麼能在把自己交給你——代表著我生命中一切的你——的同時，還委身於其他我匆匆認識的男人？那是我們的孩子，親愛的，他身上融合了我那洞悉一切的愛，還有你那無憂無慮、四處揮霍的無知的深情。我們的孩子，我們的兒子，我們唯一的孩子。

不過你現在可能會問我——你或許受到了驚嚇，或許只是感到震驚——你會問，為什麼這些年來我都對你守口如瓶，直到現在才告訴你孩子的事？哪怕他已在黑暗中長眠，準備好離開這個世界，再也不回來，再也不會！然而我又怎麼能對你傾訴真情呢？對你來說，我只是個陌生女子，一個心甘情願送上門來和你睡覺的女人，一個毫無抵抗就向你奉獻自己的女人。你永遠也不會相信我說的話，你不可能相信，一個萍水相逢的女子會對你這個出軌成性的人保持忠誠——你根本就不會相信這個孩子是你的！哪怕我的話讓你動容了，給了你一種可能性，你也會繼續偷偷懷疑我在趁機對你這個有錢人敲詐勒索，把一個不屬於你的孩子推給你。你會懷疑我，你我之間將殘留一道充滿羞愧與不信任的陰影。我不想看到這樣的事發生。

我瞭解你的為人，我比你自己還要瞭解你，對你這個遊戲人生、無憂無慮的人來說，突然成為父親，突然要對一個孩子的人生負責，只會是件無比尷尬的事。愛好自由的你會覺得你我之間產生了某種牽絆，你會覺得自己被綁在了我身邊。於是你就會——沒錯，我知道，你會這樣做的，哪怕這違背了你清醒時的意志——恨我，因為我纏住了你的手腳。哪怕這樣的恨意和負累只會存在幾小時甚至幾分鐘，我都不情願。我是那麼驕傲，我要你想起我的時候不帶任何憂慮。我寧可背負一切，也不想成為你的負擔；我要成為所有你認識的女人當中，唯一一個從不讓你覺得有負擔的女人，要你想起我的時候心裡只有愛，只有感激。不過當然，你從來就沒有想起過我，你早就把我拋到了腦後。

我不是在控訴你，親愛的，不，我不是在控訴你。原諒我，如果我的筆端流露出苦澀，請原諒我——我的孩子、我們的孩子就躺在那裡，被閃爍的燭光包圍著，失去了生命；我向天主握緊拳頭，稱祂為兇手，我的感官麻木不已，思想一片混沌。

原諒我向你抱怨，原諒我！我知道你在內心深處是善良而樂於助人的，你總是對每一個人伸出援手，哪怕對方是向你求乞的陌路人。然而，你的善良是那麼奇怪，它向每個人開放，無論人家想要多少都可以，伸手索求便是；你的善意是那麼宏大、那麼無窮無盡，可是——原諒我對你這樣說——它懶散又無所作為。它要人家提醒，要人家自己去拿。只要有人向你求助，你就會伸出援手，但這是出於羞恥和軟弱，你的內心並不快樂。讓我坦白地告訴你吧——你不喜歡那些有困難和受折磨的人，你只歡迎那些幸福快活的人。很難向像你這樣的人——哪怕是其中最善良的那些——開口祈求什麼。當我還是孩子的時候，有一次從門上的貓眼看到你給一個按門鈴的乞丐施捨東西。他還沒開口問，你就飛快地把一堆東西塞給了他，眼裡帶著某種恐懼和匆忙，明顯是想快點打發他，彷彿害怕與他的雙眼對視。我從未忘記這一幕，你的忐忑不安，你那羞恥的神色，還有那不想別人感激你、只想快點解決的樣子，我都牢牢地記在腦海裡。這就是我一直沒有請你幫我的原因。

當然，我知道，只要我開口，你當時肯定會救我於危難，哪怕你根本不確定那是不是自己的孩子。你會安慰我，給我錢，很多很多的錢，然而你的神色裡總會有一種暗暗的不耐煩，像是急著把什麼麻煩的東西從你身邊推開。對，我甚至相信你會勸我早點把孩子打掉。但這正是我最害怕的事——因為我又怎麼忍心拒絕你的要求，我有什麼資格對你說「不」呢！然而這個孩子是我的全部，他是你的骨肉，不是那個無憂無慮的、我永遠不可觸及的你，而是——我是這樣想的——永遠屬於我的你，融入我體內的你，與我的人生緊密相連的你。現在，我終於得到了你，我可以在自己的血脈中感受到你的生命，我可以孕育你、澆灌你、撫摸你、親吻你，無論什麼時候，只要我的靈魂這樣渴望著。你看，我親愛的，為什麼我知道懷了你的骨肉時會那麼幸福呢？為什麼我會向你隱瞞這件事呢？那是因為，從今以後，你的生命就和我的連結在一起了。

誠然，親愛的，那幾個月我感受到的不僅僅是預料當中的喜悅，還有種種恐懼與折磨，我對人的卑劣感到噁心。我過得並不輕鬆。那幾個月我一直沒能去店裡上班，以免親戚察覺之後向我家人打小報告。我不想向母親要錢——我賣掉僅有的幾件首飾，熬過了孩子出生前的那段時間。

分娩前一週，我的最後幾個克朗被一個洗衣女工從衣櫃裡偷走了，於是我不得不去了婦產醫院。送到那裡的都是非常貧苦、被社會唾棄與遺忘的人，她們在苦難的深淵中掙扎，你的孩子就出生在這麼一個地方。那裡充斥著死亡的氣息，一切都是那麼陌生、陌生、陌生。住院的人彼此都不認識，我們就這樣躺在那裡，孤獨無助，彼此憎恨；我們唯一的共同點是悲慘與痛苦，它讓我們在這間人滿為患的、充滿氯仿與血腥味、處處是尖叫和呻吟的大廳相遇。

在和這些妓女與病者相處的時間裡，我才感受到了窮人要經歷何等的屈辱、何等的身心上的摧殘。他們組成的命運共同體中有一種沆瀣一氣的無恥與卑鄙；此外還有那些玩世不恭的年輕醫生，他們總是面帶嘲諷的微笑，掀開那些手無寸鐵的弱者的被子，以虛假的科學之名對她們上下其手。再有就是那些貪婪的女看守——噢，在那裡，一個人會被別人用目光釘在恥辱的十字架上，還要經受惡言惡語的鞭笞。寫著我名字的那塊牌子是我唯一剩下的東西，因為躺在床上的，已不能算是一個人，而只是一塊肉，一個被好奇的目光注視著、任人觀看與研究的對象而已——啊，那些在家裡生孩子，還有丈夫在身邊溫柔守候的女人永遠不會知道，自己一個人生孩子，躺在砧板上任人宰割是什麼滋味！今時今日，只要我在書上看到「地獄」這個詞，我就會不自覺地想起那個人滿為患、烏煙瘴氣的大廳，那裡充斥著歎息與呻吟、狂笑與血腥的呼喊，就在這間恥辱的屠宰場裡，我受盡了苦。

原諒我，原諒我對你說起這件事。但我只會說一次，以後再也不會了，再也不會了。

我對這件事沉默了十一年，很快我就將永遠沉默下去。一次，哪怕一次也好，我要把這件事大聲地說出來，我要告訴你，為了這個孩子，這個象徵著我的至高幸福的孩子，我付出了什麼樣的代價，而此刻他正在旁邊，停止了呼吸。本來我已經遺忘了那些可怕的時光，因為孩子的聲音和歡聲笑語讓我在幸福中麻痹了；可是現在，他死了，再也沒有什麼能封印我內心的痛苦，就一次，就這一次，我要從靈魂深處聲嘶力竭地呼喊出來。不過我是不會埋怨你的，我只會控訴神，控訴天主——祂為什麼要創造這麼一種毫無意義的痛苦？我永遠也不會責備你，我向你發誓，哪怕在最盛的怒火之中我也沒有恨過你；哪怕是在我的身體痛得蜷縮起來，因為醫學生下流的注視而備感恥辱的時候，我也沒有恨過你；不，我不恨你，就算靈魂痛苦得四分五裂，我也從未在神的面前控訴過你；我從未因為和你共度良夜而後悔，我從未責備過自己對你的愛，因為我現在依然愛著你，依然感激你能夠與我相遇。就算要我再一次穿越地獄，就算我事先就知道會受這樣的苦，我也會堅持最初的決定，我親愛的，我還是會把自己交給你，哪怕命運再重複一千次！

三

昨天，我們的孩子死了——你從未見過他。這個蓬勃成長的小生命、你的骨肉，從未有機會在路過的時候觸碰你的目光，哪怕是偶然的匆匆一瞥也沒有。一直以來，我對你隱瞞了他的存在；自從有了這個孩子，我對你的思念變得不那麼痛苦了。是的，我想，我對你的愛不像以前那樣狂熱了，自從上天把他賜給我，我因為愛你所受的苦也少了很多。我不想把自己割成兩份，分給你和他；於是我把全部身心都奉獻給了他——這個需要我、要我去養育、我可以親吻和擁抱的孩子；而不是給你，沒有我你也過得很好。我好像從思念你的不安之中獲得了拯救，這個孩子、這另一個你，可能也是另一個我，把我從危難中救了出來——那以後，我很少再像以前那樣，卑躬屈膝地回想你住的那棟房子。我為你做的只有一件事，那就是每年你生日的時候，給你送上一束白玫瑰，和你當年與我共度第一夜後送我的一模一樣。這十年、這十一年裡，你有沒有問過自己，這些花兒到底是誰託人給你送來的呢？或許你還記得很久以前你曾送過這種玫瑰的那個女孩？我不知道你是怎麼想的，而且以後也不會知道。一年一次，暗地裡把花送到你身邊，讓你對那一晚的回憶重新盛放——這對我來說就足夠了。

你從未有機會認識他、我們那可憐的孩子——今時今日，我責怪自己沒有告訴你真相，否則他肯定會被你所愛。你從未認識這個可憐的小男孩，從未見過他微笑，沒有見過他睜開烏黑聰睿的大眼睛——你的眼睛！每當他看著我，我就覺得有道歡樂和煦的光灑在我身上，照亮了全世界。啊，他是那麼開朗、那麼可人，在這個孩子身上，你那種無憂無慮的天性和天馬行空的想像力好像重生了。他可以一連幾個小時玩著自己喜歡的東西，正如你不厭其煩地遊戲人生，然後又嚴肅地緊蹙眉頭，捧著書閱讀起來。他越來越像你了，一種你獨有的認真又貪玩的雙重性格開始在他身上顯現了；他越是像你，我就越是愛他。他在學校讀得很好，用法語閒聊時就像一隻小喜鵲那樣流利，他的作業本是全班最整潔的，無論穿黑色天鵝絨禮服還是白色水手衫，他看起來都那麼帥氣、優雅。無論去哪裡，他都是最優雅得體的那個。在格拉多[1]的沙灘上，我和他走在一起，女士個個都忍不住駐足觀看，用手撫摸他金色的頭髮；在塞梅林的時候，只要他滑雪，人家就會掉過頭去看他。他是那麼漂亮，那麼溫柔，那麼親切。去年他去特蕾西亞中學[2]寄宿的時候，那穿著制服、帶著佩劍的樣子，活像是十八世紀的宮廷侍從——而現在，他身上只有一件薄薄的襯衫，我可憐的孩子，他正躺在那裡，雙唇蒼白，雙手合十。

但你可能會問我，我怎麼有能力讓他在這麼奢侈的環境中成長呢？我是怎麼做到讓他在上層社會的光明與快樂中生活的呢？我最親愛的你啊，我是從黑暗的深處對你傾訴，我不會感到任何羞恥，我要對你實話實說——只是，親愛的，請你不要為此驚訝——我出賣了自己的肉體。我還沒墮落到人家所說的阻街女郎或者娼妓的程度，但我向別的男人出賣了自己的身體。我和有錢人交朋友，或者做他們的情婦。一開始是我主動的，後來就是他們找上門了，因為我——你從來沒有發現嗎？——很美。每個我為之獻身的人都喜愛我、感謝我、依戀我、對我傾心——除了你，親愛的，只有你沒有愛過我。

你現在會鄙視我嗎，因為我告訴了你我賣身的事？不，我知道，你不會鄙視我的，我知道，你會理解我所做的一切，也會明白我所做的都是為了你，為了那另一個你，為了你的骨肉。在那家婦產醫院的小病房裡，我見識了貧窮的可怕；我明白了，在這個世界上，窮人總是被踐踏、受委屈、淪為犧牲品。我不想，不，我絕對不能讓你的孩子——我們開朗又英俊的孩子——在那樣一種苦難的淵藪中長大，我不要他在社會渣滓之間、在街頭巷尾的惡人之間度過童年，我不能讓他在不見陽光、烏煙瘴氣的破房子裡生活。他溫柔的小嘴不可以說出那些下等人的汙言穢語，他白皙的身軀不可以蜷縮在窮人的髒衣堆裡——你的孩子應該擁有世上的一切，他應該過著富足而無憂無慮的日子，他要進入你生活的那個階層，和你比肩。

所以，親愛的，我出賣了自己的肉體。對我來說，這不是什麼犧牲，因為世人口中所說的榮恥，對我來說毫無影響。我的身體只屬於你一個人，而你，你不愛我，你不要它，

1 格拉多：義大利戈里齊亞省的一個市鎮。
2 特蕾西亞中學：奧地利維也納的一所私立寄宿學校，由奧地利女王瑪麗亞·特蕾西亞創建於一七四六年。

這樣的話，它無論怎樣我都無所謂了。其他男人的撫摸，哪怕再有激情，也無法觸及我的內心深處，雖然其中有我非常敬重的人。他們那無法得到回應的愛總讓我想起自己的命運，對他們的同情往往讓我自己也感慨不已。他們對我很好，都是我認識的人，都寵我，也尊重我。其中有一位是帝國伯爵，他喪妻已久，現在上了年紀，為了讓你那沒有父親的孩子能進入德蘭中學就讀，他處處找人說情——他就像愛親女兒一樣愛著我。他三次，不，四次向我求婚——我本來可以做一位伯爵夫人，可以在蒂羅爾的一座童話般的大城堡裡生活，無憂無慮；我的孩子會有一個溫柔的父親，而我身邊會有一位文靜、高雅、體貼的丈夫——可是我沒有這麼做，無論他怎樣急切地求我，我還是拒絕了他的求婚。這該讓他多麼難受啊。或許我做了傻事，畢竟如果我選擇和他在一起，就能和我所愛的孩子一起過著平靜安逸的日子，可是——為什麼要對你隱瞞呢——我不想結婚，我想在每時每刻都為你保持自由身。

在我的內心深處、在無意識之間，我那舊時的童年幻夢依然存活著，那就是期望你有朝一日會把我召喚到你的身邊，哪怕只有一個小時。為了能與你共度這一小時，我放棄了一切，保持了自由身，只為等你呼喚我。自從童年時代的那次覺醒以來，我的一生只為等你，等待你的決定！

而這一刻，真的到來了。只是你無知無覺，親愛的，你從未意識到它的存在！我以前就經常在劇院、音樂會和遊樂園裡遇見你——每次你的目光掃過我的時候，我的心都會猛地繃緊。我的樣子和以前完全不一樣了，我不再是那個羞怯的孩子，我成了一個女人，正如人家常說的那樣，我身著華服，身邊簇擁著狂蜂浪蝶。你只在自己昏暗的臥室燈光中見過我，此刻又怎麼可能認出當時那個內向害羞的少女呢！有時，和我一道的男士會跟你打招呼，你點頭致意，朝我看來，然而你的目光裡充滿了客套與陌生；你認出了一位美麗的女子，可是沒有認出那是我；你看我的眼神是那麼陌生，陌生得可怕。

有一回，我還記得，雖然我對自己沒有被你認出已經習以為常了，然而當時還是痛苦得彷彿渾身被火燒一樣。我和我的男伴坐在歌劇院的包廂裡，你坐在隔壁的包廂。序曲開始，燈光熄滅，我看不見你的面容，可是能感覺到你就在我身邊呼吸，就像那天晚上一樣；我看見你纖細的手扶著我們包廂前面那突出的天鵝絨扶欄。當時，一股無窮無盡的渴望席捲了我，我想躬身去親吻這隻手，謙恭地親吻這隻我摯愛的、陌生的手，我在過去曾經感受過它那深情的輪廓。我身邊迴蕩著激情澎湃的音樂，想要觸摸你的欲望越來越強烈，我必須拚命壓抑自己，顫抖著不讓自己站起身來，因為一股強大的力量牽引著我的雙唇，要去親吻你那被我深愛的手。第一幕落幕之後，我求我的朋友和我一起離開。因為我再也忍受不了了，我無法容忍你，如此陌生的你，就在黑暗中坐在我的身邊。

可是同樣的時刻又一次到來了，也是最後一次，你降臨在我風雨飄搖的生命裡。那發生在大約一年前，也就是你生日的第二天。真是不可思議，我時時刻刻都在想你；你的生日，我總是當作節日一樣度過的。一大清早，我就和往年一樣，到外面給你買白色玫瑰花，為了紀念那段你早已遺忘的時光；下午，我和孩子一起坐車去德梅爾的蛋糕店，晚上還和他去看戲，我想把那一天變成他童年時代的一個神祕節日，他可以感受到它的存在，卻不知曉它的意義。

第二天，我和我當時的男伴在一起。那是一位年輕富有的布爾諾的工廠老闆，我和他已經同居兩年了。他崇拜我、寵溺我，像其他男人一樣向我求婚，可是我就像對別人一樣，看似毫無理由地拒絕了他，儘管他總是給我和孩子一大堆禮物；而且他雖然有些遲鈍，對我總是低三下四，但也算是個可親可愛的人。我們當時一起去聽音樂會，在那裡遇到了一些快活的朋友，便到環形大街的一家餐館共進晚餐。在那裡，在歡聲笑語之中，我建議一起去一家名為「塔巴林」的舞廳。這種舞廳總是千篇一律，舞客在裡面喝得酩酊大醉，尋歡作樂，平時這樣的活動就像其他「應酬」一樣讓我噁心，我通常會找藉口推掉。可是這一次——我內心好像有一股深不可測的魔力，無意識地引導我在別人樂不可支、對我讚許不已的興奮氣氛中做出這樣的建議——我突然對那種地方產生了莫名的渴望，彷彿有什麼東西在等著我。在座的人都習慣了對我討好奉承，紛紛站起身來，去那個舞廳喝香檳。就在這一瞬間，我感到一種前所未有的瘋狂，一種我從未體驗過的，幾乎是痛苦的欲望。我喝了一杯又一杯，和其他人一起唱著俗不可耐的歌曲，大聲呼喝，恣意跳舞，完全控制不住自己。突然——好像有什麼冰冷刺骨或者滾燙的東西刺中了我的心——眼前的一幕把我撕裂了：你和一些朋友坐在隔壁桌，用驚異又充滿情欲的目光打量著我，這種眼神總能讓我內心掀起狂風駭浪。這十年來，你總是用你天性中這種不自覺的激情打量我。我開始瑟瑟發抖，舉起的杯子差點從手中掉落下來。幸運的是，身邊的人並沒有注意到我的迷亂，他們沉浸在歡聲笑語和震耳欲聾的音樂之中。

你的目光越發熾熱，讓我徹底身陷火海。我不知道，你是認出我了嗎？終於，終於，認出我了？還是說你只是把我當作新歡，把我看成另一個人、一個陌生的女人？鮮血湧上我的臉頰，我假裝心不在焉地和朋友說著話。你肯定發現了，你的注視讓我不知所措。你不為人所察覺地對我輕輕點了點頭，示意我跟你到前廳去。你大搖大擺地結了帳，和你的酒友道別，然後就出去了，離開之前還對我再次示意，說在外面等我。我瑟瑟發抖，像是打寒戰，又像發高燒，我無法給出任何回答，我控制不住內心血液的沸騰。巧的是，就在這一刻，兩個黑人踩著高跟鞋噔噔地上了臺，在聲嘶力竭的呼喊中，一支新的舞曲開始了。大家都盯著他們看，我趁著這一秒站起身來，告訴我的朋友要失陪一會兒，便跟在你後面走了出去。

你站在前廳的衣帽間前等著我；看見我來了，你的眼睛突然一亮。你急匆匆地朝我走來，臉上掛著微笑；我馬上就明白了，你沒有認出我，既沒有認出當年的那個小女孩，也沒有認出那個委身於你的少女，而是把我當成了一個完全不認識的人、一個陌生人。「您能陪我一小時嗎？」你煞有介事地問道，那胸有成竹的語氣讓我明白，你把我當成了那種陪睡的妓女。「好。」我說。我同意了，理所當然，毫無保留，聲音微微顫抖，就像十多年前那個在暮色漸濃的大街上和你說話的小女孩。「那我們什麼時候見？」你問。「隨您的意。」我回答——在你面前，我不會感到任何羞恥。你略微驚異地看著我，見到我那麼快就同意了，那半是懷疑半是好奇的驚訝神色和當年一模一樣。「那，現在？」你問，有點猶豫不決。「可以，」我說，「我們走吧。」

我想去一趟衣帽間，取我的大衣。這時我才想起，存衣服的時候我的男伴是和我一起存的，取衣憑據在他那裡。如果現在折回去向他要，肯定要大費周章解釋一番；要這樣浪費我和你在一起的這一小時、這日思夜想的一小時，我不願意。於是我想也沒想就把圍巾圍上，只穿著一件禮服裙就走進了潮溼的夜霧中，不再理會大衣的事，也不想照顧那位溫柔的好先生的感受。哪怕我已經和他一起生活了幾年，哪怕我要讓他在朋友面前顏面盡失，因為他這幾年同床共枕的愛人，被一個陌生男人勾搭一下就跟著對方跑了。

哦，我知道我很下賤、忘恩負義、厚顏無恥，我居然對一個忠實的老朋友做出這種事。

我知道，我很清楚地知道，我意識到我自己的所作所為很可笑，居然因為自己的執念而致命地傷害了一個好人的感情，我意識到自己的人生將從這一刻起四分五裂——可是，這些友誼對我來說又算什麼？我自己的命對我來說又算什麼？只要一想到能再次觸碰你的雙唇，和你耳鬢廝磨，我什麼都不管了。這就是我對你的愛，只有在一切已經無可挽回之際我才能對你說出真相。我想，哪怕、哪怕我已經躺在病榻上，馬上就要不久於人世，但只要你叫我一聲，我馬上就會有力量站起身，來到你的身邊。

車子停在舞廳門口，我們一道去往你家中。我又聽見了你說話的聲音，感到你就在我的身邊。我是那麼陶醉，心中像孩子一樣幸福、癡狂，一如當年。我是怎樣再一次踏上那道樓梯的啊，我已經十幾年沒回來了——不，不，我無法向你描述我在那幾秒裡的感受，我覺得自己好像變成了兩個人，一個是當年的女孩，一個是現在的自己；這雙重的我，正一步一步往上走去，心中所念的永遠是你。你的房間幾乎沒怎麼變，只是多了幾幅畫、一些書，添置了一些新家具，此外一切都是那麼熟悉。書桌上還擺著當年那個花瓶，裡面插著玫瑰——我在前一天、你生日時送你的玫瑰，作為那個愛情之夜的紀念；雖然你完全記不起來了，完全認不出我，哪怕此時此刻，那個女孩就在你身邊，和你手牽著手、唇貼著唇，你也沒有認出她來。不過，看到你在養著我送你的花，我很開心。這樣，我的氣息、我的愛情，就能像呼吸一樣縈繞著你。

你把我擁入懷中，我們又共度了一個美妙的夜晚。就算在赤身裸體地擁抱著我的時候，你也沒有認出我來。你那熟練的柔情讓我痛苦。我發現，你的激情在對待愛人和妓女的時候沒有差別，你只是全身心地把自己交付給情欲，不假思索，毫不吝惜。你對我是那麼溫柔、那麼深情，即便我只是你從某個夜總會裡撿來的；你是那麼優雅、真誠，讓人敬慕，但在享用一個女人的時候又是那麼激情澎湃。我回憶起以往的幸福，再次心醉神迷地感受著你身上存有的兩面。在你身上，肉欲融合了智性的、來自靈魂的熱情，它讓當時還是個孩子的我委身於你。我從未認識過一個能在享受魚水之歡時把全身心傾注於此時此刻的男人；我從未見過這樣迸裂的激情與內心深處的輝芒——當然，這一切的閃耀只是為了再度匯入一種無盡的，幾乎非人性的遺忘。不過我也遺忘了我自己，此刻在黑暗中躺在你身邊的人是誰？我還是當年那個內心焦灼的孩子嗎，抑或是你孩子的母親，還是說，只是一個陌生的女人？啊，那愛情之夜所經歷的一切對我來說是那麼熟悉，又是那麼嶄新。我向上天祈求，但願這一夜不要結束。

可是新的一天還是來了。我們起得很晚，你邀我和你共進早餐。我們一起喝了茶，然後閒聊了一會兒，有一隻看不見的手得體地在餐廳備好了一切。你又用那種坦誠、真摯的親切口吻和我聊天，沒提任何粗魯的問題，也沒好奇地打探我是誰。你甚至沒問我的名字，也沒問我住在哪裡；在你眼中，我只是一次獵豔的對象、一個無名無姓的人，熱情澎湃的一刻很快就會被遺忘吞噬。你對我說，你要去很遠的地方旅行，要去北非待兩三個月；在幸福之中，我突然渾身顫抖起來，因為立馬，我就聽出了你的心思——好了，好了，現在該畫上句號了，該把一切都忘掉了！我恨不得馬上在你面前跪下來，聲嘶力竭地大喊：「帶我走吧，這樣你就會想起我是誰了，在這麼多年之後，你終究、終究會認出我的！」可是我太膽小、太懦弱，在你面前，我就像個奴隸，手無寸鐵。最後，我只擠出一句話：「太遺憾了。」你微笑地看著我說：「你真的覺得遺憾嗎？」

這時，一種突如其來的狂怒攫住了我。我站起身來，定定地看著你，看了很久。末了，我對你說：「我愛的那個男人，也總是去遠行。」我深深地看進你的雙瞳。「現在，現在他終於要認出我來了！」我體內的一切都在顫抖，都想迸湧而出。然而，你只是對我笑笑，安慰我說：「總會回來的嘛。」「對，」我回答，「總會回來的，只是把過去忘了而已。」

我說話的語氣肯定有點不同尋常，有點太過激烈，因為你此時也站了起來，驚異又滿懷柔情地望進我的雙眼。你用雙手扶住我的肩頭，說：「美好的事物，是不會被忘記的，我就永遠不會忘記你。」說完，你再次深深地望進我的眼眸，彷彿要把我的樣子銘刻在腦海裡。我感覺到，這目光是多麼深邃，它在探尋、在觸摸、在吮吸我的整個存在。這時我終於相信，相信就在此刻，能打破盲目的魔咒。他要認出我來了，他會認出我是誰！一想到這裡，我的整個靈魂都顫抖不已。

然而，你沒認出我來。不，你沒認出我，對你而言，我從未像此刻這樣陌生。因為，如果你真的認出了我，你——你就不會做接下來幾分鐘你所做的事。你親吻了我，激烈地親吻我。我想把弄亂了的頭髮整理好，便站到一面鏡子前，這時，我在鏡子裡看到——這一刻我差點就因為震驚和羞恥而暈過去——我看到你小心翼翼地把幾張大額鈔票塞進我的皮手筒裡。我當時到底是怎麼忍住沒叫出來，沒給你兩記耳光呢？我、從小便愛著你的我、你骨肉的母親，你居然要為了昨晚的事付錢給我！對你來說，我就是塔巴林舞廳的一個妓女，此外什麼也不是——你、你出錢買了我！被你遺忘還不夠，我還要被你羞辱。

我飛快地拿起我的東西。我要走，馬上就走。我痛苦得快要受不了了。我一把搶過放在你書桌上的帽子，旁邊還擺著那個花瓶，裡面盛著我送你的花。這時，我內心突然閃過一個無法抗拒的念頭——再試一次，最後一次，我要讓你想起我。「你可以送我一朵那個花瓶裡的白玫瑰嗎？」「當然可以。」你說，馬上抽出了一枝。「可是，這些花會不會是別人送的，一個暗中愛著你的女人？」我問。「可能吧，」你說，「我哪知道？不知道是誰送給我的，不過我就喜歡這種禮物。」我看了看你。「或許那些花是一個你已經忘了的女人送的！」

你看著我，滿眼震驚。我定定地看著你。「認出我吧，快認出我來吧！」我的目光都在瘋狂地叫喊著。可是，你的眼睛只是友善地笑了一下，什麼也沒有察覺到。你再次吻了吻我。然而沒有認出我。

我飛快地往門那邊跑去，因為我覺得眼淚就要奪眶而出了，不能讓你看到。在前廳裡——我跑得太急了——差點和你的僕人老約翰撞個滿懷。他靦腆地匆匆閃到一邊，為我打開門，這時——你聽見了嗎？就在這一秒，在我滿眼含淚地和他對視的時候，這個上了年紀的先生，眼裡閃過了一絲光芒。就在這一秒，你聽見了嗎？就在這一秒，這個自我童年時代以來再也沒見過我的老先生，認出了我。我應該為他認出了我而雙膝跪地，感激地親吻他的雙手。我從手筒裡抽出你用來羞辱我的那幾張票子，飛快地塞進約翰的手裡。他渾身顫抖，然後驚愕地抬頭看著我——在這一秒裡，他對我的瞭解比你這輩子對我的瞭解還多。所有人、所有人都寵愛我，都對我好，除了你、除了你，你忘了我的存在，只有你、只有你從來不知道我是誰！

三

我的孩子死了，我們的孩子——現在我在這個世界上沒有誰可以愛了，除了你。但你是誰？你、從來就不認識我的你，你從我身邊走過，彷彿我是一攤積水；你和我相遇，彷彿踢到了一塊石子，沒有絲毫察覺便繼續往前走，要我等你回來，等一輩子。有那麼一次，我覺得我抓住了你，你，轉瞬即逝的你，我有了你的骨肉，這樣我就可以留住你。然而就是你的孩子，昨晚，殘忍地離開了我。他也去遠行了，忘記了我，而且永遠不會回來。我又孤身一人了，比以往任何時候都要孤單；我一無所有，關於你的東西我一無所有了——我失去了你的孩子——沒有一句話，沒有一行字，沒有一點回憶。如果有人跟你提到我的名字，你也只會覺得陌生，然後一笑而過。既然我在你心中已經死了，那我活著還有什麼用呢？既然你要從我身邊離開，那我還有什麼必要留在這裡呢？不，親愛的，我不是在控訴你，我不想用我的怨言去汙染你那無憂無慮的家。

不要擔心，我不會再來打擾你——原諒我，我只是需要在這一刻傾訴，需要把靈魂裡的話都喊出來；因為我的孩子死了，他就在旁邊，無依無靠。就這一次，我就對你說這麼一次話——然後我就會回到黑暗之中，變回那個在你身邊沉默不語的女人。然而，只要我還活著，你就不會聽見我的吶喊——只有等我死了，你才會收到我的遺言，從一個愛你勝於一切的女人那裡，一個你永遠不會認識、不會呼喚卻一直在等你的女人那裡。或許在這之後，你會呼喚我，可是我已經死了，無法再回應你的召喚，請你原諒我的不忠。這第一次，也是最後一次的不忠。我不會給你留下任何照片，也不想留下任何痕跡，正如你沒給我留下任何東西那樣；你從未認出過我，從來沒有。這是我的命，無論是生還是死，它都與我相隨。在離開這個世界的前一刻，我不會呼喚你，我就這樣離開，你不知道我的名字，也記不住我的面容。這樣我死也容易一點，因為在遠方的你對此一無所知。要是我的死會讓你痛苦，我就不會離開這個世界。

我不能再寫下去了……我的大腦昏昏沉沉的……四肢疼痛不已，我發著高燒……我覺得，我得馬上躺下來。或許很快就會過去了，或許命運會再一次眷顧我，那樣我就不用看著自己孩子的屍體被抬出去……我再也寫不下去了。再見了，我親愛的，再見了，謝謝你……這樣就好，無論發生了什麼，這樣就可以了……在咽下最後一口氣之前，我都想謝謝你。我很好，我把一切都告訴了你。你現在知道了，不，你只能模糊地感覺到，我是多麼愛你，而且這份愛不會給你帶來任何壓力。你不會因為想念我而受苦——這對我來說是個安慰。在你那明媚的人生裡，什麼變化都不會有……我的死不會讓你難過……這對我來說是個安慰，你知道嗎，親愛的？

可是……誰，誰還會繼續在你生日那天給你送白玫瑰呢？啊，你桌上的花瓶會一直空著，再也沒有任何我生命的氣息能縈繞你了，每年一次守護在你身邊的氣息，從此將灰飛煙滅！親愛的，聽著，我求求你……這是我對你的第一個，也是最後一個請求……請你為了我，在每年你生日的那天——生日那天，大家總會想起自己——拿一些白玫瑰放在你的花瓶裡。求你了，親愛的，請你實現我的願望吧！正如一年一度為一個去世的愛人誦讀彌撒一樣。我不再相信神，也不想要什麼彌撒，我只相信你，我只愛你，只想在你的心裡繼續活下去……哦，就一天，一年就這麼一天，靜靜地，讓我靜靜地活在你的身邊吧……我求你，親愛的，為我做這件事……這是我對你的第一個請求，也是最後一個……謝謝你……

我愛你，我愛你……永別了……

三

他雙手顫抖地放下那封信，然後久久地回想往事。在記憶裡，他朦朧地見到了一個住在隔壁的孩子、一位少女、一個夜總會裡的女人。然而這記憶是那麼模糊不清，彷彿水流底下的石子，閃著微光，卻沒有形狀。陰影飄忽而至，又隨即遠去，無法拼湊出一幅完整的畫面。他重新感受到了回憶裡的某些情緒，卻又想不起來是什麼。他好像常常在夢裡見到這些身影，在無比深沉的夢裡，然而只是在夢裡而已。

這時，他的目光落在書桌上的那個藍花瓶上。它是空的，這麼多年來，在他生日的這天，它第一次是空的。他驚醒過來——彷彿一扇看不見的大門突然洞開，來自另一個世界的冷風吹進了他安靜的房間。他感受到一次死亡，一份不朽的愛情——在他靈魂深處有什麼一下子迸裂開來，他思念著那個看不見的女人，她沒有形體，充滿激情，彷彿遠方的音樂。

夏日小故事

去年八月盛夏，我在卡代納比亞[1]度假，那是科莫湖旁邊，眾多在森林與白瓦掩映下的迷人小地方之一。哪怕在春天最有活力的日子裡，它也能保留一份靜謐與平和。來自貝拉焦和梅納焦[2]的觀光客擁上那片小沙灘，可是小城本身依舊在和煦陽光的照耀下遺世獨立，散發著孤單的芬芳。

我入住的旅館人影寥寥，只住了零星幾位客人。他們都覺得彼此神祕莫測，居然選擇了這麼一個偏僻的地方度假。每天早上，我們都會驚訝地發現其他人還沒離開。最令我驚詫的是一位上了年紀的、溫文爾雅的先生——從外表上看，他是個介於正牌英國政客和巴

1 卡代納比亞：義大利倫巴底大區的一個社區，位於科莫湖西岸，是一處度假勝地。
2 貝拉焦和梅納焦：義大利倫巴底大區科莫省的兩個市鎮。

黎獵豔老手之間的人——他從不去湖邊活動，整天就在飯廳裡若有所思地看著煙圈在自己面前消散，偶爾翻翻手中的一本書。連續兩個壓抑的雨天把我們兩個孤單的人牽到了一起，他坦誠又友善的態度使我們克服了代溝，我們很快熟絡起來。他出生在利夫蘭[3]，後在法國和英國長大，一直沒有工作；他長年居無定所，是個無處為家的人，卻保留了一份內心的崇高。正如以前的維京海盜，巡遊四海只為搜刮世界上最精美無價的藝術品；他對所有的藝術都略知一二，不過並不熱愛，而是帶著一種優雅的蔑視去享用。他感謝藝術給自己的人生貢獻了那麼多美好時光，卻不屑於投身其中。他過著那種彷彿多餘的生活，與其他人的生活沒有任何共通點，因為在這樣一段人生裡留下的數千個珍貴的時刻，終究會隨著他咽下最後一口氣而灰飛煙滅。

一天晚上，用完晚餐後，我們坐在旅館前面，看著明亮的湖水在眼前漸漸沉入黑暗。我對他說起以上的想法，他只是微微一笑：「或許您所說的不無道理。一般來說，我不相信回憶，人只能在遠古的那一瞬間經歷某事，隨後它就化為烏有；而文學呢，在二十年、五十年、上百年之後，不也會沉入虛無嗎？儘管如此，我今天還是想對您講述一件事，我覺得，您能用它來創作一篇漂亮的小說。您跟我來！這樣的故事最好還是邊走邊講。」

說罷，我們就沿著那條美麗的湖濱大道，在彷若永恆的杉樹與枝丫交織的栗樹的陰影下散步。樹叢之間的湖水閃爍著不平靜的光。對面是貝拉焦的白雲，被下沉的夕陽染上了柔和的色彩；而在漆黑的山頭上方，被鑽石般的光束簇擁著的，是賽爾貝羅尼別墅[4]那熠熠生輝的皇冠般的屋頂。空氣中彌漫著一股溼潤的暖意，卻並不壓抑；它彷彿女人那溫柔的臂彎一樣，依靠著樹影，散發著看不見的花朵的芬芳。

他開口說道：「在我開講之前，要向您坦白一件事。我之前沒跟您提過，我其實不是第一次來這裡了。每年的這個時候我都會來卡代納比亞，住在同一家旅館。您可能會很吃驚，尤其是我之前說過，我不喜歡在人生中重複兩件一樣的事。不過請您聽下去吧！這家旅館那時當然和今日一樣冷清。客人依然是那位來自米蘭的先生，整天釣魚，白天釣到了晚上又把魚都放回水裡，為了第二天還有魚可釣；依然是那兩位英國老太太，周圍幾乎無人注意到她們那植物般的存在；還有一位英俊的年輕人，帶著他那可愛但面色蒼白的妻子，直到今天我還很難相信他們已經是夫婦，因為平日裡他們真是親密得很呢。最後就是一家德國人，來自北德，五官與神情非常嚴峻。一位是滿頭麥金色頭髮、稜角分明的女士，上了年紀，雙眼銳利如鋼，嘴巴像刀刻出來的那般銳利方正，走路也十分方正、僵硬，沒有

---

3 利夫蘭：又譯立窩尼亞，指波羅的海東岸地區，即現在的愛沙尼亞以及拉脫維亞大部分領土的舊稱。
4 賽爾貝羅尼別墅：又名貝拉焦城堡，是義大利貝拉焦的一棟著名的別墅，於一五三九年在一個古老的城堡廢墟上建立。

美感。同行的有一位是她的姊妹，絕對不會錯，因為兩人長得如出一轍，只是姊姊更飽經風霜，皺紋滿面，神色比妹妹柔和一點。兩個人總在一起，可是從不聊天，只是一味低頭編織東西，彷彿要把自己所有的漫不經心編進去，兩人儼然穿著一副對抗這個無聊與狹隘世界的鎧甲。

「在她們之中是一位約莫十六歲的少女，是其中一位太太的千金。我不知道是哪一位，少女那青澀的線條中已經初露女性的豐滿。老實說，她並不美，長得太瘦削，太不成熟，另外衣著打扮也不太行；不過她眼裡總是流露出一種無助的渴望，那裡有某種極其感人的東西。兩隻大眼睛閃爍著漆黑的光芒，不過總是一眨而過，空留一絲羞澀。她也織東西，然而雙手總會不時慢下來，手指彷彿睡著了一樣；然後她會靜靜地坐著，用夢遊般的、一動不動的目光注視著湖水。我不知道那眼神裡有什麼異乎尋常的東西觸動了我。是那種見到人老珠黃的母親和正值青春年華的女兒在一起時，不可避免地產生的庸俗想法嗎？因為感到同時看到了本體和影子，每一張姣好面容背後都有皺紋在等待，每一道微笑背後都有疲倦在湧動，每一個幻夢背後都有失望在蟄伏？還是因為少女眼神中那無時不在的、隨時都會迸發的毫無目標的野性熱望？畢竟她現在還沒找到一個可以依靠的人，還沒有哪個男人可以把臂彎借給疲憊而慵懶的她，她就像找不到浮木的海草。只是，在少女那懷著無盡渴望凝視著宇宙的一生裡，總會有一個獨一無二的、奇蹟般的瞬間，讓她釋放自己的渴望。

對我來說，觀察這位目光如水、沉溺幻夢的少女，是多麼驚心動魄的一件事！如她撫摸貓狗時那種狂野的、幾乎壓抑不住的激情，以及那有始無終的焦慮心情。還有就是，她每天晚上都會急急忙忙地去旅館的圖書室，在那可憐巴巴的幾本書之間翻來找去，或者如飢似渴地閱讀自己隨身帶來的兩本翻爛了的詩集，讀歌德和包姆巴赫[5]的詩……您為什麼笑呀？」

我連忙道歉：「沒，只是把歌德和包姆巴赫放在一起，這太好笑了。」

「原來如此！沒錯，看起來是很滑稽，卻又不盡然。請您相信我，這個年紀的女孩並不在意自己讀到的是好詩還是劣詩，真詩還是假詩。對她們來說，詩歌就像解渴的杯子，她們不會關心其中的酒，因為那份陶醉在喝下去之前就在她們心裡了。這位少女正是如此，她的身體就像裝滿了渴望的酒杯，雙眼閃著迷離的光，放在桌沿的手指尖時不時顫抖起來，走路時跌跌撞撞卻又歡快不已，既像在飛翔，又像承受著莫名的恐懼。可以看出，她渴望與別人交談，獻出自己豐盈的酒杯裡的一部分，可是周圍空無一人，只有孤獨，只有兩根

5 包姆巴赫：魯道夫·包姆巴赫（一八四〇—一九〇五），德國詩人，善寫語言通俗、旋律優美的愛情詩，也寫了很多俏皮浪漫的有關愛情和失戀的小說。

毛線針左右碰擊、叮噹作響的聲音，只有那兩位女士冰冷無情的目光。我的心裡頓時湧上一股無盡的同情。然而，我不能主動靠近她，因為，首先我不知道自己是不是她心裡那個合適的男人；其次，我厭惡和別的家庭寒暄，尤其討厭和老氣橫秋的貴婦打交道。於是，我想了一個特別的點子。我當時想，這個女孩少不更事，羽翼未豐，自幼在德國生活，可能是第一次來義大利。而義大利——多虧了從未到過這裡的英國人莎士比亞——在德國人的心目中就是浪漫愛情的象徵，這裡有羅密歐與茱麗葉、神祕莫測的大冒險、悠悠墜地的扇子、照顧千金小姐的女管家、刀光劍影、化裝舞會，當然還有滿是柔情蜜語的書信。這位少女當然也渴望著冒險，誰懂得她們的春夢呢？它們仿如潔白的雲朵，漫無目的地在蔚藍的天幕上飄遊；到了傍晚時分又燃燒著熱烈的色彩，如花似火。對她來說，在這個地方沒有什麼是不可能的。於是我決定，為這個少女虛構一位神祕的戀人。

「就在當天晚上，我給那位少女寫了一封信，語氣謙恭、深情，充滿敬意，添加了種種不同尋常的暗示，而且不署名。這封短信不索求，也不允諾，寫得熱情又克制，像是從一部詩集裡擷取出來的浪漫情詩。我知道她在不安分的心情驅使下，每天總是第一個來到飯廳，於是便在夜裡把這封信塞進了她桌上的餐巾裡。翌日早上，我坐在花園裡觀察她的一舉一動。她見到信時難以置信地吃了一驚，原本蒼白的臉蛋在突如其來的驚恐中變得緋紅，猶如一束火焰從臉上掃過，直抵喉嚨。她驚慌地向四周張望，像小偷一樣顫抖著把信藏起來，然後便忐忑不安地坐下來，面前的早餐動也沒動。她站起身來，走到外面，來到一處布滿樹蔭、沒什麼行人的走廊上，為了專心解讀那封神祕的情書……您是想說什麼嗎？」

我下意識地做了一個想打斷他的話的動作，必須為此解釋一下：「我覺得您此舉非常大膽。您難道沒想過，她可能會調查下去，甚至直接問侍者是誰把這封信塞到餐巾裡的嗎？或者求助於她的母親？」

「這一點我當然想到了。可是，只要您看這個少女一眼就不會有疑慮了——她是一個膽怯，又容易受驚的可愛小女孩，哪怕自己有時說話大聲了一點都會嚇得抬起眼睛四下張望。世界上有這樣一些女孩，她們是那麼害羞，您可以對她們為所欲為，而她們只會無助地站在那裡，寧願忍氣吞聲也不想把祕密告訴別人。我當時滿臉微笑地看著她，因為這場遊戲奏了效而偷偷開心。不一會兒她就回到了飯廳，這時我感到一股熱血直沖太陽穴：她已經不是之前的那個女孩了，她的腳步和先前判若兩人。她不安又迷惑地向前走著，一股熱潮湧上她的臉頰，一種甜蜜的不自在使她腳步不穩。她的目光聚焦在每一扇窗戶上，打量著每一位路人，彷彿能從中破解情書的祕密，有一次它甚至停留在我身上，而我小心地避開了，免得露出破綻；然而就在這閃電般短暫的一秒鐘裡，我感到了她眼中熾熱的疑惑，幾乎讓我因為恐懼而退縮。多年之後我才意識到，點燃一位少女眼中的第一簇火是多麼危險的事，它比世界上任何激情與欲念都更危險、更誘人、更令人墮落。我看到她在兩位百無聊賴地織著東西的夫人之間落座，看到她時不時飛快地摸一摸自己裙子的一角，我堅信那封情書正是藏在那裡。

「這遊戲開始讓我欲罷不能。就在當天晚上，我寫了第二封信，之後每天都故技重施。對我來說，把一位愛戀著的年輕男子的感情化成一封封情書，是多麼誘人的事，一步一步地把一份只存在於想像中的激情昇華，是多麼令人興奮！對我而言，這一切就像一場激動人心的狩獵，獵人設下了圈套，只等獵物在逃跑前最後一刻落入陷阱。我的成功是那麼難以描述，那麼令人恐懼，要不是這場剛剛開始的遊戲對我來說具有那樣熾烈的誘惑力，我差點就要洗手不幹了。從那以後，少女走路的時候就像在跳舞，狂野又迷亂，一舉一動爆發出火熱的美；她肯定徹夜不眠，只為等待那封清晨的來信，因為她每天都慌張不安，帶著黑眼圈。她開始在意自己的穿著打扮，在髮間插上鮮花；一種對萬事萬物的奇妙柔情使得她動作輕捷，目光裡卻處處透露著不安，因為她從我信裡描寫的無數細節中察覺到我就在她的身邊；寫信的人彷彿風之精靈愛麗兒，在四處飄浮著，用音樂綴滿空氣，聆聽著周圍的動靜，常人卻無法看到它的身影。少女變得那麼開朗又快樂，甚至那兩位遲鈍的婦人都察覺到了她的變化，因為她們有時會用友善的目光好奇地打量她，眼睛無法從她活潑的身影與花一樣的笑靨上移開，繼而又眉眼帶笑地偷偷對視一下。少女的聲音清脆如銀鈴，那麼響亮，那麼無畏，她的嗓子不時哽咽，彷彿下一秒就要忍不住放聲高歌……您又在笑什麼呀？」

「沒沒沒，請您繼續講下去。我只是覺得，您講得太好了，您甚至——不好意思——能和我們當代最出色的小說家一較高下。」

「好吧，您或許是想小心禮貌地暗示，我講故事就像你們德國小說家那樣，講得浮誇、囉唆、無聊、矯揉造作。那我就長話短說！我的傀儡娃娃在跳舞，而我手中緊握著操縱她的線。為了引開她對我身分的懷疑——因為有時我感覺到，她的目光在打量我——我在信中暗示，寫信人並非在她身邊，而是住在附近的某個療養地，每日乘著小船或者蒸汽船來到卡代納比亞。之後我便總看到她找藉口離開兩位婦人，在靠岸的船汽笛鳴響的時候匆匆趕過去，只為在碼頭的一隅屏息靜氣，觀察從船上下來的人。

「有一回——那是一個烏雲密布的下午，我除了觀察她不知道幹什麼好——發生了一件神奇的事。下船的遊客中有一位英俊的年輕人，穿戴華麗而誇張，就像時下的義大利年輕人那樣。正當他掃視眼前這個地方，好像在找什麼的時候，正好與急切地尋愛的少女那疑惑而渴望的目光相遇了。她的臉馬上飛紅，羞澀的紅潮掩蓋了原先淡淡的微笑。年輕人愣了一下，馬上注意到她——這也很正常，想想要是你和這樣一道彷彿承載著千言萬語的熾烈目光相遇的話——於是粲然一笑，想跟在她後面。她羞得飛也似的逃走了，心裡確信他就是那位真命天子；她往前跑，不時踉蹌幾步，但又忍不住連連回頭眺望他的身影，儼然一場在渴念與恐懼、欲望與羞恥之間展開的永無止境的遊戲；然而在這場遊戲中，甜蜜又柔弱的感情反而是更強的一方。年輕人見狀馬上受到了鼓舞，雖然不免驚愕，但仍勇敢地跟在少女身後。我頓時驚恐地意識到，馬上會有一場可怕的誤會——這時兩位婦人正好從前面過來了。少女就像驚弓之鳥一樣逃到她們身邊，年輕人只能小心地撤退；然而在最後一刻，他回眸了，兩人火熱的目光如飢似渴地碰撞在一起。

「這件事給我敲響了警鐘，提醒我該收手了，可是繼續這場遊戲的誘惑是那麼強烈，我決定好好利用這次偶遇，當晚就給她寫了一封長得不可思議的信，確認她下午看到的那個人就是我。一人分飾兩角，這對我來說實在非常刺激。

「第二天早上，她的神色中充滿了疑慮，全身忍不住一陣陣發抖，這讓我吃了一驚。之前那份美麗的忐忑此時變成一種無法理解的緊張不安。她雙眼溼潤，像是剛剛哭過，身體彷彿承受著最深重的苦痛。她一句話也沒說，可是能看出隨時就要絕望地尖叫起來，額頭愁雲滿布，目光裡滿是灰暗與絕望，而我本來還以為今天能見到她興高采烈的樣子。我害怕了。第一次有什麼陌生的東西入侵了這場遊戲，我的傀儡娃娃不聽使喚了，跳出了異樣的舞步。我想著各種可能的解決辦法，卻毫無頭緒。我開始對這場自己策畫的遊戲感到恐懼。那天夜裡，我遲遲沒回旅館，因為不敢面對她的目光。然而，等我回來的時候，明白了一切。桌子被清空了，那家人已經離開了。她要離開此地，卻不能對他說一句告別的話，也不能告訴她的家人，自己的心對那一天、那一刻是多麼魂牽夢縈。她被人從一個甜蜜的美夢中拖了出來，拋回到某個可憐的小城鎮。我完全沒考慮過這一點。那天，她那充滿憤怒、絕望與痛苦的目光，彷彿是在控訴我一般；我此刻才清楚地意識到，自己把一份多麼深重的苦難注入了她的人生。」

他沉默不語。夜隨著我們的談話一起流逝，一縷淡淡的月光透過雲霧。樹叢間點綴著燈火與繁星，蒼白的湖面在微光中閃爍。我們默默無語地繼續往前走。末了，我的同路人終於打破沉默：「這就是我的故事了，難道不像一篇小說嗎？」

「不知道呢。無論如何，它值得和其他故事一起收藏起來，謝謝您今天對我這麼坦率。可是，能把它寫成小說嗎？這個題材真的滿吸引人的，或許會是個很好的切入點。然而故事裡面的人物只是蜻蜓點水般地觸碰到了彼此，卻無法把握自己，這還算不上命運，只能說是命運的開篇。必須把故事寫完才行。」

「我明白您的意思。這個年輕女孩的一生還在繼續，她要回到自己老家的小鎮，在那裡投身於各種可怕的日常生活的悲劇……」

「不，那倒沒有必要。這位少女對我來說吸引力不大。哪個少女不懷春呢？她們覺得自己可能經歷了不可思議之事，可是作為小說素材實在還差那麼一點，因為她們的經歷都是相似的，都那麼被動。在這樣一個故事裡，少女最終會在必要的時候嫁人，可能是老家的一個普通居民，這次奇遇終究只會成為她回憶中美麗的一頁罷了。我對您故事裡的那位少女已經不感興趣了。」

「那真是奇怪了。我不知道您還對哪個人感興趣，莫不是那位年輕人吧？這樣四目相對的時刻，這種轉瞬即逝的激情，對每個年輕人來說都再正常不過了；大多數人根本不會察覺，另一些人察覺了也不會記住。必須上了年紀才能知道，這樣的激情是年輕人神聖的特權啊，是人生中最崇高、最深刻的瞬間。」

「我感興趣的也不是那個年輕人……」

「那是？」

「要是我的話，我會重寫那位上了年紀的先生的故事，也就是說為那位真正的寫信人安排一個結局。我相信，無論在什麼年紀，寫這些熾熱的情書並使自己投身到戀愛的感覺中去，都是有代價的。我會試著刻畫這場遊戲如何逐步成真，那位先生怎樣自以為掌控了遊戲，卻沒有察覺到是遊戲掌控了他。他自以為喚醒了少女沉睡的美，卻沒想到被它吸引住，越陷越深。在遊戲失控的那一刻，他才發現自己是多麼瘋狂地渴望著繼續——他放不下那件玩具。我感興趣的是，一個年邁的先生是如何被某種類似少年人的激情所掌控的？為了實現這一點，我會賦予他一份不安、一份渴望。正如那位少女一樣，兩人都覺得自己配不上對方，從而促成整個愛情故事的反轉。我會讓男主角焦慮地等待，焦慮地追尋那位少女，只為了再見她一面，然而在最後一刻卻不敢靠近她，我會安排他從今以後每年夏天都回到同一個地方，為了能再次偶遇她，然而事實總是殘酷的。我打算沿著這條思路構思我的小說，直到那位少女最終……」

「騙人的鬼話！不成體統！」

我嚇了一跳。他打斷了我的話，聲音聽起來異常強硬，沙啞而顫抖，幾乎帶著威脅。我還未曾在同行的他臉上看到這樣激動的表情。我馬上就意識到，我不小心碰到了我不該碰的地方。他氣喘吁吁地站在那裡，銀髮在夜色中閃爍著光芒，我見狀，心裡既感動又難堪。

我本想馬上換個話題。可是他突然又開口說話了，這次是冷靜下來的深沉嗓音，真摯而溫柔，因為浸染了一絲淡淡的哀愁：「您說的，也許是對的。那位老先生的確更有意思。〈老叟情愛價幾何〉[6]，我記得巴爾札克最感人的小說中，有一篇就叫這個名字，用這個題目還能寫很多很多故事。不過，上了年紀的人雖然對自己的祕密心裡有數，卻只愛談論

6 〈老叟情愛價幾何〉：法國小說家巴爾札克的作品，著名的《人間喜劇》中的一篇。

自己的成就，不想提及自己的弱點。他們害怕在這些事情上丟人現眼，卻沒有意識到它們只是某種恆常之事。卡薩諾瓦在回憶錄裡偏偏意外『遺失』了他老年的章節，在這些章節裡他自己才是被戴綠帽和被騙的人，而不是反過來，您真的覺得這是意外嗎？或許，對他來說，要寫這些章節，既是無心，也是無力了吶。」

他朝我伸出手來。此刻他的聲音又像之前一樣冷漠、沉著、不為所動了：「祝您好夢！我發現了，在夏夜對年輕人講述這些故事其實很危險吶。因為這時很容易產生傻裡傻氣的想法，也總摻雜著無需有的幻夢。晚安！」

說罷，他走入黑暗，腳步輕巧，卻因為上了年紀而走不快。已經是深夜了。如果是平時，燥熱的夜早就已經使我疲憊不堪，今天我的心卻是那麼激動，完全不覺得累。我的血液裡有什麼在奏響，那是經歷了奇事之後的心情，或是把自己暫時代入別人的經歷之後才有的感覺。我就這樣沿著那條寂靜幽深的道路走到卡洛塔別墅，在它那伸向湖水的冰涼大理石臺階上坐下來。

真是奇妙的一夜。之前貝拉焦的燈光看起來就像樹叢間的螢火蟲那樣近，現在卻遠遠地漂浮在水面上，並緩緩地、一個接一個地沉入稠密的黑暗。湖泊無言，光潔如黑亮的寶石，在邊緣仿若鑲嵌了迷亂的火花。波浪一起一伏，輕輕地沖刷著臺階，儼然觸碰著明亮琴鍵的白皙雙手。蒼白的高天彷彿沒有邊界，無盡繁星的光芒從其中閃爍而出。周圍一片寧靜，群星沉浸在閃亮的靜默之中，偶爾才有一顆星星突然掙脫天幕上鑽石般的輪舞，墜入夏夜的深處，墜入黑暗，墜入峽谷，墜入深淵，墜入群山或者遠方的水域，無知也無覺，順應著盲目之力的指引，正如生命被投入不可知的命運深處。

夜色朦朧

是不是風雨又席捲了城市，所以我的房間裡突然一片昏暗？不。空氣明澈如鏡，靜謐無聲，在夏季的這些日子裡可謂罕見，只是我們未曾覺察到天色漸晚而已。對面房子的天窗還在淡淡的光暈中微笑著，屋脊上的天空已經蒙上了一層金色的薄霧。

再過一小時就入夜了。這是曼妙無比的一小時，世上沒有其他東西能與之媲美：萬物的色彩漸漸凋零，披上魅影；昏暗從房間地板滲出，直到黑色的潮水默默淹沒四壁，把我們夾裹在其中。在這樣的黑暗裡，你要是坐在一個人對面，一言不發地看著他，就會感到他那張熟悉的面孔在黑暗中漸漸老去，越發陌生與遙遠，彷彿你從前根本沒見過它，彷彿你與它之間隔著遙遠的時空。可是你說，你不要這樣的沉默，它只會讓你聽見牆上的鐘如何把時間碾碎成齏，讓你感到在寂靜中放大的呼吸聲有如病患的吐息。我該給你講個故事嗎？很樂意。當然，這不是我自己的故事，因為我們的生命在這無窮無盡的城市之間是那麼匱乏、那麼黯淡，或者只是因為我們還未察覺到我們擁有什麼，所以才有這樣的印象。

在入夜前的這個小時，最好靜默不語，不過我想給你講個故事，我希望，它會像我們窗前行將流逝的光一樣，溫暖而輕柔。

我不知道這個故事是怎麼誕生的。我記得，那是一個午後，我久久地坐在這裡讀一本書，它從我手中緩緩滑落，而我朦朧地放飛思緒，或許還淺淺地沉入了夢鄉。此刻，我突然見到沿著牆壁移動的人影，我能聽到他們的低語，看見他們的人生。然而正當我想用目光捕捉那些稍縱即逝的身影時，卻又醒了過來，發現自己隻身一人。書落在我的腳旁。我撿起書想要尋找那些身影的時候，卻發現那個故事已經無處可覓；就好像，它是從書頁裡被抖落到我的手上的，又或者真的浮現於虛無。可能剛才的一切都只是夢境，也可能是在彩雲中的一朵之上擷取的，它們今日從遙遠的國度來到我們的城市，帶來了壓抑人心的風雨。又或者，我是從窗外手風琴演奏的某支憂傷的歌曲裡獲得的靈感，抑或是某君若干年前給我講述的故事留下的殘影。我不知道。這樣的故事經常來到我身邊，我把玩著裡面的森羅萬象，讓它們從指縫間流瀉而出，沒有試圖抓住它們，正如在走路時用手觸碰路過的稻穗與高柄的野花而不去採摘。我只是夢到了那個故事，從一個倏忽而至的彩色畫面出發，直至一個溫柔的結局，卻從不打算把它據為己有。不過，既然你今天想聽故事，那我就給你講一個吧，就在這天黑前的一刻，黃昏的霧靄讓我們渴望看見繽紛跳動的光影，哪怕它們最終將沉於晦暗。

我該從哪裡開始講呢？我覺得，有那麼一刻，我必須從黑暗中拾起一個畫面或者一個身影，因為幻夢也是這樣從我身體裡浮現的。我在回憶。我看到了一個身材瘦長的少年，他正沿著一座城堡那寬敞的階梯往下走。那是夜裡，一個月色朦朧的夜，我捕捉到了少年那光滑身軀的每一根線條，彷彿他存在於我手裡一面被月光照亮的鏡中。他俊美非凡，略寬的額頭上垂落著柔順的黑色劉海，頭髮梳得有幾分孩子氣；他纖細柔美的雙手在黑暗中舒展著，為了觸摸吸收了整日陽光的空氣的餘溫。他的步履徘徊不定，夢遊一樣走向被樹叢簇擁著的颯颯作響的花園，一條寬敞的道路橫貫其中，儼然一道白色的吊橋。

我不知道這一切發生於何時，是昨天還是五十年前？我也不知道發生於何處，但我覺得會在英格蘭，或者蘇格蘭，因為只有在那裡我才見過這麼高大雄偉的城堡。它從遠處看彷彿一座要塞，散發出強大與威脅的氣息，只有熟悉的目光才能發現它腳下那個絢麗無窮的花園。對，我現在知道了，就是在蘇格蘭，只有那裡才有這麼明朗的夏夜，那裡的天空才會像蛋白石一樣銀光閃爍，荒野才會永不沉沒於黑暗，萬物彷彿從自身內部散發出熒熒微光，唯有那些像黑色巨鳥一樣的暗影會墜落到閃光的表層之下。噢，正是在蘇格蘭，我現在確信不疑，如果我稍微努力一點，甚至能找到那座華麗的城堡與那位少年的名字。籠罩著夢境的黑色邊緣正在飛快地剝落，萬物在我的感知裡是那麼明晰，彷彿那已經不再是回憶，而是體驗。

那位少年夏天寄宿在他已婚的姊姊家。由於英國上層社會的家庭熱情好客，他在這些天裡並不是獨自一人；每天晚上都有一些這家人的獵友攜妻來做客，此外還能見到不少高䠷美麗的女孩，她們開朗又青春，歡笑著、叫喊著，與老牆的回音玩遊戲。白天能見到來回奔跑的馬匹、用皮繩牽著的狗，河的那邊還有兩三艘小舟在閃閃發光：一切都那麼生機勃勃而毫不奔忙，日子的節奏輕快而愜意。

不過此時已值夜幕降臨，曲終人散。男士坐在客廳裡抽菸、打牌；通明的窗戶裡，邊緣顫抖不定的白色燈火投射在花園裡，偶爾還能聽到一聲響亮恣意的大笑。女士大多已經入室就寢，只有一兩個還在前廳裡閒聊。於是，少年在晚上的時候便是獨自一人。他還不被允許加入紳士的圈子，就算可以，也只是一會兒；而面對女士他又往往過於羞澀，每次他叩門的時候，她們都會有意放低聲音，他感到她們在聊著什麼他不該聽到的事情。其實啊，他根本就不喜歡與她們為伴，因為她們詢問他的態度就像對待小孩子，聽他說話時卻又心不在焉，她們只是想方設法在各種小事上讓他為自己效勞，然後像對乖小孩一樣謝謝他。所以，此時他只想快點回房間睡覺，全身感到溽熱、遲鈍，幾乎不能動彈。白天忘記關窗戶了，所以太陽在這裡放肆了一整天，桌子幾乎都要被點燃了，床鋪被曬得很熱，日光在牆上賴著不走，從角落裡與窗簾後都還能感覺到它炙熱而微微顫抖的呼吸。而且，現在時間還早——窗外的夏夜就像一支白色的蠟燭，寂靜無風，無所渴念。於是少年只好順著城堡那高高的階梯往下，一路走到花園。在花園黑暗的邊緣上方，夜空微爍如聖光，一股從眾多看不見的花朵散發而出的香氣飄忽不定，令人迷醉。少年心裡泛起一股奇特的感覺。在迷惘的十五歲，他還說不上來這奇特之處是什麼，不過他的嘴唇顫抖著，彷彿想對著夜空說出什麼話語，或是高舉雙手，久久地閉上眼睛，彷彿在他和這片寧靜的夏夜之間，有一個祕密的盟約，想要化為千言萬語或者一聲致意。

少年慢慢地從寬敞開放的大道走向旁邊一條狹窄的小徑。那裡長著參天大樹，樹冠閃耀著銀光，彷彿要擁抱彼此，底下卻潛伏著夜一般濃重的黑暗。四周萬籟俱寂，只有靜默的花園裡偶爾傳來一道無法描述的聲響，簌簌地迴蕩著，彷彿一陣細雨落進草叢，或者草莖之間互相觸碰。這聲響迎著前行的少年的面拂來，他早已迷失在甜蜜又無法理解的苦悶之中。有時他輕輕觸摸一棵樹，或者停下來傾聽這條忽而逝的聲音：帽子壓在他的額頭上，他把它摘下來，好讓血液湧動的裸露太陽穴感受困倦的風之玉手的觸摸。

就在這時，在他走進黑暗的那一瞬間，發生了一件聞所未聞之事。他身後，路上的卵石沙沙作響。他驚恐地掉轉頭去，卻只看到一個亭亭玉立的白色身影閃爍著微光朝自己走來；還沒等他反應過來，那個身影已經走到了他旁邊。他驚愕地感覺到有個女人用力卻又不帶一絲狂暴地抱住了自己。那是一個溫暖、柔軟的身軀，它緊緊地貼在他身上，一隻手急速又戰戰兢兢地撫摸他的頭髮，把他的頭轉過去。在迷醉中他感到有人在親吻他，那顫抖的雙唇猶如一個被切開的陌生水果，正拚命地吮吸他的唇。那張臉靠他如此之近，他根本就看不清它的輪廓。他也不敢睜眼去看，因為驚懼與痛楚貫穿了他的全身，他的雙唇好似在燃燒，只能毫無抵抗地獻出自己；他的雙臂猶疑不定地抱住那個親吻他的陌生人，彷佛帶著疑問，然後又猛地把這軀體緊緊地摟進自己懷裡。他的雙手貪婪地撫摸它那輕柔的線條，不時停下來，又繼續顫抖著撫摸，越來越熾熱，越來越激動。那個身軀越來越急切地回應他，幾乎往前弓著身子，一份幸福的重擔，把所有重量加在他那俯首稱臣的胸脯之上。

他感到自己的身體不知怎地往下沉，在狂暴地喘息著的重壓下快要融化成河，膝蓋已經不聽使喚地軟了。他腦子裡空無一物，他不去想這個女人是怎麼來到他身邊的，也不想知道她是誰，只是緊閉著眼睛汲取那散發著香氣的溼漉漉的陌生嘴唇裡的欲望，直到自己被徹底淹沒，失去意志，毫無知覺地向著龐大的激情深處沉去。對他來說，群星彷佛紛紛墜地，眼前唯有一叢閃光，烈焰把他觸摸到的一切都焚成灰燼。他不知道這一幕到底持續了多久，不知道自己被這樣溫柔地擁抱了到底幾個小時抑或幾秒鐘；他只知道萬物已經在這充滿欲念的狂野戰鬥中熊熊燃燒，走向消亡，自己迷亂地進入一種不可思議的眩暈。

此時，熾熱的鏈條突然斷裂。擁抱猝然中斷，那個陌生的身體幾乎是憤怒般地鬆開了他緊繃的胸脯，猛地站起來，飛奔而逃；那身影閃爍著白光，跑過樹叢，在他能伸手捉住之前便消失無蹤。

那是誰？剛剛這一幕持續了多久？他扶著一棵樹站起身來，渾身麻木，喘不過氣來。漸漸地，他亢奮發熱的大腦開始冷靜下來，自己的生命彷彿往前調了幾千個小時。他以往迷亂中夢到的女人與激情，剛才真的變成了現實嗎，抑或只是一個夢罷了？他摸摸自己的身體，抓抓頭髮。跳動不已的額角周邊有些溼潤，因為沾上了草地上的露水，也就是說剛才的一幕是真的，他們真的擁抱著倒在了地上。此刻，一切如閃電一般在他眼前重播，他感覺雙唇在灼燒，呼吸裡殘留著窸窣作響的陌生裙褶裡情欲的香氣，他絞盡腦汁想回憶起剛才她說過的每一個詞。可是徒勞無功。

這時他突然惶恐地記起來，那個女子全程一個字也沒說，甚至沒提他的名字；他只記起她那漣漪般起伏的歎息，那略帶威逼的激情，那痙攣著克制住的充滿情欲的呻吟；他記得她凌亂而芬芳的秀髮，擠壓著他的熾熱乳房，搪瓷般光滑的皮膚；知道她的形體、她的呼吸、她那顫抖不已的感情都屬於他，卻不知道這個用愛情襲擊了他的女子到底是何許人也。他的嘴唇結結巴巴地想要尋找一個名字，為了以之命名他的驚訝、他的幸福。

此刻，他覺得剛才所經歷的聞所未聞的事情，與這位女子背後那閃爍不定的祕密相比，是多麼貧乏、多麼微不足道。他感到這個祕密正潛伏在黑暗之中，用魅惑的雙眼注視著他。

這個女子會是誰呢？他飛快地在腦子裡將所有的可能性想了一遍，把所有居住在城堡的女性都審視了一遍；他從記憶中召喚每一個不尋常的瞬間，挖掘與她們的每一段對話，細細回想那五、六位可能是謎底的女子的一顰一笑。可能是那位年輕的女公爵E，她總是伶牙俐齒地斥責自己年老體衰的丈夫；可能是他舅舅的年輕妻子，她的眼神總是溫柔得不可思議，閃爍著彩虹的光芒；又或者——他被這個可能性嚇得跳起來——是他那三位表姊中的一位？她們像是從同一個模子裡刻出來的，高傲又盛氣凌人。不——不可能，這些人都生性冷淡，處事理智。自從開始夢到各種祕密激情的幻象以來，他就老是惶惶不安，覺得自己像是生了什麼大病，與世人格格不入。過去幾年來，他一直深受折磨，嫉妒那些冷靜、理智、無欲無求的人——哪怕他們只是表面如此。他害怕自己內心覺醒的激情，彷彿那是什麼生理缺陷。現在倒好……但究竟是誰，那個在眾人目光下裝得若無其事的女子到底是誰？

慢慢的，這個揮之不去的問題開始緩解他血液中奔流不停的迷狂。夜深了，遊戲室裡的燈光逐一熄滅，他是城堡裡唯一還醒著的人。只有他——或許還有那位不知名的少女。疲勞漸漸席捲了他。為什麼還要苦思冥想？明天早上，只要和某道目光相遇——瞥見眉眼間某道閃爍的光，握手時某種心照不宣的感覺，就足以使這一切真相大白。他彷彿夢遊一樣走上樓梯，正如之前走下樓梯一樣，可是一切感覺都與之前截然不同。他的血脈還在微微地亢奮著，白天曬熱的房間此刻對他來說好像突然變得冷風颼颼，冷澈澄明。

翌日早晨醒來的時候，樓下已經傳來馬匹跺腳與刨土的聲響，他聽到那裡笑聲朗朗，還有人叫他的名字。他猛地坐起身來——早餐已經趕不及了——飛快地穿戴整齊衝到樓下，其他人早已面帶微笑恭候他多時了。「真愛睡懶覺哦。」女公爵E朝他笑道，明亮的雙眼之間閃爍著笑意。他朝她的臉投去貪婪的一瞥；不，不可能是她，她的笑聲太豪邁了。「是不是做了個好夢呢？」舅舅那年輕的妻子打趣說，不過她的身體對他來說太柔弱瘦削了，所以也不是她。他滿臉疑惑地審視著一張又一張臉，可是沒有任何一張露出回應他的微笑。

他們一同騎馬到草原上。他屏息靜聽每個聲音，觀察每個馬背上的女孩那運動中的軀體，每一根線條和每一陣律動都不放過；每次拐彎時，他都分外留神地察看，研究她們舉起雙臂的姿態。午餐閒聊時，他故意把身子弓得特別低，只為近距離感受每片唇的香氣和每根髮絲的芬芳。可是都不對，他找不到任何線索，沒有任何蛛絲馬跡能喚起他熾熱頭腦裡的風暴。白日將盡，他現在想讓自己好好讀一下書，可是每行字都會從頁邊逃出去，突然就把他的思緒帶到花園裡。

很快就入夜了，這不可思議之夜，他覺得自己又被那位陌生女子的懷抱所封鎖。他顫抖的雙手放下書，想動身去池塘那邊。結果，他不知不覺就來到了那條卵石路上的老位置，連自己都被嚇了一跳。晚餐時他彷彿發著高燒，兩手不知道擺哪裡，倉皇無措地四處摸索，彷彿正被什麼東西獵殺，雙眼羞赧地垂了下來。在別人都吃完離開的時候——哦，他們終於走了——他才幸福不已地穿過房間來到花園裡，在昨晚那條銀白色的小路上走了不下一百遍、一千遍，它就像一層乳白色的霧靄，在他的腳下熒熒閃光。大廳亮燈了嗎？對，燈終於一一被點亮，一樓的幾扇黑漆漆的窗總算開始閃爍燈火。女士都已經回房間休息了。可能再過幾分鐘，她就會來了。然而對他來說，每分鐘都讓人心急如焚，他極不耐煩，好似下一秒就要爆裂。他又開始在路上踱來踱去，彷彿被看不見的繩子牽著。

就在這時，那個白色的身影沿著臺階飛快地飄來，如此急速，他根本看不清她的樣子。她彷彿一道月光，或者樹叢間一塊迷失的、飄浮的白紗，被狂風吹了過來，此刻正落在他的懷抱裡。他緊緊箍住那因為飛奔而心跳不已的野性軀體。和昨天如出一轍，在那一瞬間，他的胸脯被一股突如其來的溫暖浪潮衝撞著；面對這甜蜜的衝擊，他覺得自己馬上就要暈倒，只能隨波逐流，被潮水捲入黑暗的情欲之中。然而下一刻，那種迷醉突然讓位於理智，他壓住了內心的激情。不，絕對不能屈服於這曼妙的欲望，在知道這個緊貼著他的身體的名字之前，不能對這吮吸的雙唇俯首稱臣，哪怕這具身體全然屬於他，彷彿那顆陌生的心臟正在他自己的體內跳動！面對她的吻，他往後退了一點，只為看見那張臉，可是樹蔭落了下來，使得秀髮遮蓋下的臉龐更加朦朧；樹叢太濃密了，被雲霧遮蓋的月光又是如此黯淡，他只看到她的雙眼在黑暗中閃爍著熾熱的光，彷彿一對燒紅的石頭，鐫刻在光潔大理石的深處。

他想從她嘴裡聽到隻言片語，哪怕是一個詞也好。「你是誰，告訴我，你是誰啊？」他懇求道。可是這張柔軟又溼潤的嘴只懂得親吻，不懂得言語。他想從她口中擠出一個詞、一聲充滿痛楚的叫喊，於是用雙臂緊緊地摟住她，把指甲深深陷進她的肉中，可是她緊繃的胸膛只是傳出一陣喘息。他能感受到的唯有其熾熱的呼吸，頑固地拒絕言語的溼熱雙唇，以及不時傳來的低聲呻吟──他不知道，這是出於痛苦還是情欲。他對這麼一個倔強的意志毫無辦法，這女人從黑暗中冒出來捕獲了他，卻不顯露真身；而他既無法占有她那情欲勃發的身體，也無法征服她的名字，想到這裡，他幾乎要發瘋。怒火中燒的他開始拒絕她的擁抱；可是她呢，她感受到了他突然疲軟的雙臂和內心的忐忑不安，於是轉而用激動的手撫摸他的頭髮，既充滿善意，又極度魅惑。他感覺到她的手指的撫摸，那些手指正輕輕地觸碰他的額頭；他聽到什麼丁零作響的聲音，那是金屬的聲音──一枚獎章，或是一枚銀幣，正鬆鬆地戴在她的手腕上，隨著手的動作而擺動。

這時，他靈機一動，在狂野的激情驅使下，一把將她的手腕掰過來，將那枚銀幣用力按壓在他光著的手臂內側，直到銀幣的表面在他皮膚上留下一個烙印。現在，他已經獲得了一個明確的線索，便順應自己那灼燒的身體，不再克制內心的激情。他用力擁抱她，從她的雙唇吮吸欲望，兩具身體無言地交纏著，徹底沉沒於一簇神祕又貪婪的烈焰。

末了，她就像昨天那樣，突然一下子跳起來，逃之夭夭。這回他沒打算攔住她，因為那個留在自己身體上的證據點燃了他血液中的好奇之心。他飛奔回房間，把朦朧昏黃的燈光點到最亮，然後貪婪地躬身察看那枚刻印在他手臂上的印記。

已經看不太清楚那印記了，它週邊的圓環幾乎已經消失，不過其中一個尖角還很清楚，在肉中印得微微發紅，絕對不會有錯。銀幣肯定有八個角，每個都稜角分明，尺寸不大也不小，就像一枚芬尼，只是上面的形象更為生動，因為那銀幣的圖案是如此玲瓏浮凸，印在手臂上的小窩相應地也更深。這印記就像是用烈火淬煉出來的，他如飢似渴地看著它，突然感到一陣火辣辣的痛楚，彷彿那是一個傷口。此刻，他把手探進冷水裡，灼痛頓時消失無蹤。那銀幣是八角形的——他對此堅信不疑。他的目光裡寫滿了勝利的喜悅。明天一切將水落石出。

翌日早晨，他是最早來吃早餐的人之一。已在桌旁的女士只有一位徐娘半老的小姐、他的姊姊，還有女公爵E。她們幾個心情都不錯，自顧自地閒聊，完全無視他的存在。這樣更好，他能更好好觀察了。他的目光迅速掃了一眼女公爵那瘦削的手腕：她沒戴手鐲。確認之後他才能平心靜氣地與她交談，可是目光總是緊張地瞥向大門那邊。他那三位表姊這時一起走進了房間。他的內心又開始忐忑起來。他從她們半挽起的衣袖底下隱隱約約地看到了首飾，不過她們很快就入座了，就坐在他對面：栗色頭髮的姬蒂、金髮的瑪歌，還有秀髮在陽光裡浮光躍金、在黑暗中如白銀般閃爍不已的伊莉莎白。她們三個像平時一樣清冷、沉靜，尊貴矜持，拒人於千里之外。他對此十分痛恨，因為她們並不比他年長多少，幾年前還是他的玩伴呢！舅舅那年輕的妻子還沒出現。少年的內心越來越慌亂，因為真相大白的時刻馬上就要到來，此刻他覺得，與其揭穿這個祕密，還不如繼續承受它那謎一般的折磨。不過他還是克制不住自己，貪婪的目光在桌子周邊掃視，目光停留在女士光潔白皙的玉手上，或是慢慢游移，彷彿打量著一個波光粼粼的港灣裡的停船。他盯著那些手，它們在他眼前彷彿突然有了生命，就像舞臺上的角色，擁有人生和靈魂。為什麼血液在太陽穴搏動不已？他驚恐地發現三位表姊的手上都戴著飾物，這三個趾高氣揚、表面上道德完美的女子，他從小就知道她們都很倔強，都很內向，一想到昨晚的女人可能是她們中的一位，少年的腦子便亂作一團。到底是哪一位呢？是姬蒂嗎？他最不熟的一位，因為她最年長。是那個說話不饒人的瑪歌嗎？還是小伊莉莎白呢？他心裡希望不是她們當中的任何一個。他暗暗祈求著，不，請不要是她們中的一個，他寧願什麼也不知道。可是現在欲望已經使他無法自拔了。

「我能再要一杯茶嗎，姬蒂？」他說話的聲音粗啞，彷彿喉嚨裡堵著沙子。他朝她遞過茶杯，她如果答應的話，就必須伸出手臂，越過桌子接住茶杯。就在這時——他看見她手鐲上有一枚微微顫抖的銀幣，他的手頓時僵在了半空。可是不對，那上面是一塊綠色的石頭，圓潤平整，輕輕地敲在陶瓷茶杯上。見狀，他的目光幾乎是感激地滑過了姬蒂的栗色頭髮。

這時，他屏住了呼吸。

「瑪歌，能請你把糖遞給我嗎？」桌對面一隻瘦削的手突然醒來，伸出來，握住銀色的糖罐，遞了過來。就在這一瞬間——他的手猛地抖了一下——他看到，在手腕被衣袖半遮半掩的位置，一枚舊銀幣正在一個編得非常精細的手環上晃蕩，那是一枚八角形的銀幣，和一芬尼差不多大，顯然是件傳家之寶。八角形，邊角是尖的，昨晚刻印在他的肉體上。他的手開始猛烈地顫抖，兩次都沒夾準糖塊，最後把糖放進茶裡之後，他又忘了喝。

是瑪歌！這個名字在他的唇上灼燒，驚愕失措的他幾乎要叫出聲來；可是他咬緊牙關，把它壓了下去。這時他聽見她說話的聲音——她的聲音對他來說是那麼陌生，彷彿某個人在看臺上居高臨下地宣講——冷靜、審慎，呼吸平靜，帶著淡淡的諷刺。他不自覺地對她生命中撒下的大謊感到恐懼。真的是這個女人嗎？昨天他緊緊地壓在草地上的女人真的是她嗎？是她在他懷裡嬌喘不已，是她任他吮吸自己溼潤的雙唇，是她夜裡像隻猛獸一樣向他撲來嗎？他再度久久地凝視她的雙唇。不會有錯，這倨傲、這深鎖的內心，只可能隱藏在這樣兩片線條銳利的嘴唇後面，可是它那激情的餘燼又向他透露了什麼呢？

他深深地端詳她的雙眼，彷彿是第一次見到她。有生以來他第一次感到她在倨傲中是如此美麗，在祕密之中是如此迷人，他不禁為之歡呼、顫抖，幾乎淚流滿面。他欲火焚身一般注視著她的眉毛，他的目光刻畫出它們原本圓潤平滑，在眉端卻突然往上崎嶇延伸的線條；然後深入她灰綠色的眼睛，儼如鑿進冰冷的玉髓；他的目光親吻她臉頰處白淨透亮的肌膚，柔化她此時緊繃的唇，把其拱成等待親吻的姿態；他的目光在她淺色的秀髮中迷失，並貪婪地急速往下，捕捉她的整個形體。他在這一刻之前從未意識到她的存在。他從桌前站起來的時候，膝蓋一直在打顫。這一瞥是那麼令人迷醉，他彷彿喝醉了一樣，站不住了。

這時，樓下傳來他姊姊的呼喚——是騎馬晨遊的時候了。馬兒已經整裝待發，不耐煩地輕輕踱步，咬著馬嚼子。他們一個接一個地上馬，然後這隊穿得花枝招展的人群便騎著馬踏上了花園大道。馬兒先是一路慢跑，那慵懶的節奏和少年焦灼跳動的內心完全不搭。不過出了大門之後，大家就把韁繩鬆開了，馬兒沿著道路朝下方的原野或左或右地狂奔起來，原野上還微微地蒸騰著晨間的露水。昨晚肯定大規模降露了，因為地面那層薄紗一樣的霧氣不時閃爍著微光，空氣如此冷洌清新，彷彿在某道瀑布的附近。原本緊密相連的小隊人馬此時散開了，鏈條碎成了七彩的亮片，有的人已經隨著馬飛奔到森林裡，於群山之中再無影蹤。

瑪歌是先衝出去的其中一人。她就愛不羈地馳騁，喜歡讓疾風吹散自己的秀髮，沉醉於飛奔中那種無法形容的快慰。少年騎馬緊跟在她身後，他看見她的頭顱高傲地抬起，在疾速運動中畫出一條優美的線條，有時也會看見她那興奮得微微緋紅的臉、她那閃閃發光的眼睛。此刻，正當她毫無束縛地舒展自己的力量與激情之際，少年認出了她。他感到一種突如其來的愛戀與欲望，它們使他深陷絕望。一種無法抗拒的強烈情欲攫住了他，他恨不得一把抓住她，把她從馬背上拉下來，抱進懷中，再次啜飲那狂野的雙唇，用胸脯迎接她跳動不已的心。

他用馬刺踢了一下馬肚子，於是馬兒高聲嘶鳴著狂奔亂跳起來。很快他就趕上了她，就在她的身邊，膝蓋幾乎要和她的膝蓋碰到了，他們兩人的馬鐙丁零丁零地碰在一起。現在是開口的時候了，必須開口。「瑪歌。」他支支吾吾地說道。她朝他轉過頭來，銳利的眉毛往上一揚。「怎麼了，鮑伯？」她的語氣冷漠無情。她的雙眼凜然放光，空無一物。一陣顫抖傳過他的膝蓋。他到底想要說什麼？他自己也不知道。他語無倫次地說著什麼該往回走了。「你累了？」她問，他似乎聽出了她語氣中的嘲諷。「沒，不過其他人落後我們太多了。」他用盡最後一絲力氣擠出這一句。他感到，再過一秒鐘，自己就要做出傻事了，他會朝她張開雙臂，或者號啕大哭，甚至把手中那彷彿通了電般顫抖不已的馬鞭抽向她。他一下子把自己的馬拉住，以至於牠驚慌地用後腿站了起來。而她則繼續往前馳騁，趾高氣揚，不可親近。

其他人不久就趕上了他。他周圍皆是歡聲笑語，可是言辭與笑聲就像馬蹄聲一樣在他身邊嗡嗡作響，毫無意義。他苦惱著自己沒有勇氣向她訴說自己的愛意，也沒有勇氣逼她表白，馴服她的欲望越發狂野，彷彿一片紅色天空在他眼前染紅了大地。他為什麼不像她挑釁他那樣嘲笑她？他下意識地趕著馬，這一刻，在馬兒的疾馳中，他才覺得輕鬆了許多。這時，其他人叫喚著說要往回走了。太陽已經爬過山頭，高高地掛在天空中。從曠野裡飄來一股煙霧一樣的淡淡香味，眼中的顏色變得刺眼起來，如熔化的黃金般灼燒著他的雙眼。大地彷彿在膨脹，變得悶熱又沉重，馬兒汗流浹背，一路小跑，熱氣騰騰，氣喘吁吁。隊伍又慢慢聚集起來，歡樂的氣氛變得懶散，聊天的熱情也漸次熄滅。

他又見到了瑪歌。她的馬還在氣喘吁吁地噴著白沫，不少濺在瑪歌的裙子上顫動著，她的頭髮幾乎要散開來，髮帶只是鬆鬆地綁在上面。少年彷彿被金色的辮子迷住了，一動不動地凝視著她，一想到辮子可能會突然鬆開，變成狂野飛舞的髮絲，他就激動得發瘋。花園的拱形大門在路的盡頭閃爍，後面是通向城堡的寬闊過道。他小心翼翼地繞過其他人，第一個到達那裡，然後從馬背上跳下，將韁繩交給飛奔而來的僕人，等待著其他騎手一一歸位。瑪歌是最後一個。她騎著馬緩步小跑過來，身體無力地向後傾斜，疲憊不堪，彷彿剛剛覆雨翻雲。沒錯，她當時就是這樣，他想，她在激情的迷醉逐漸消散時就是這個樣子，昨晚一定是這樣，前天晚上也是。回憶讓他再次浮躁起來。他衝到她身邊，喘著大氣扶她下馬。

他一隻手拉著韁繩，另一隻手狂熱地握住了她那小巧的踝關節。「瑪歌。」他低語道，呼吸差點停止了。她連看都沒看他一眼，只是在下馬的時候抓住了他伸過來的手。

「瑪歌，你太棒了。」他結結巴巴地說。她銳利地盯著他，再次倨傲地揚起眉頭。「你是喝醉了還是怎麼了，鮑伯！在胡說些什麼呢？」他卻對她這種裝腔作勢感到憤怒，在一種盲目激情的驅使下，他緊緊握住她伸過來的手，不願鬆開，好像要把它放進胸口。瑪歌氣紅了臉，狠狠地推了他一把，趁他跌跌撞撞倒向一邊的時候迅速從他身邊跑開了。這一切發生得那麼快，只在一閃之間，以至於沒有人注意到它，在他看來，這不過是一場噩夢。

他激動了一整天，臉色蒼白，金髮女公爵從他身邊經過時抓了抓他的頭髮，問他是不是不舒服。他突然怒火中燒，把跳到他身邊吠叫不止的狗一腳踢開，在接下來的牌局中也玩得很爛，以至於受到眾女士的嘲笑。一想到今晚她可能不會來了，他的血液就如同浸染了毒素，使他憤怒，逼他怨恨。他們在外面的花園裡一起喝茶，瑪歌就坐在他對面，但她對他視若無睹。他的目光總是顫顫巍巍地停留在她身上，彷彿她是一塊巨大的磁石，然而她的眼睛冷酷、灰暗、巋然不動，她靜默如磐，毫無回音。她居然這樣玩弄他的感情，這使他惱怒。當她粗魯地從他身邊轉過身時，他的拳頭握緊了，那一刻，他覺得他可以輕而易舉地把她打倒，使她臣服。

「你怎麼了，鮑伯，臉色為什麼這麼蒼白啊？」突然傳來一個聲音。那是瑪歌的妹妹，小伊莉莎白。她眼中閃爍著溫暖而柔和的光芒，但他沒有注意到。他覺得自己的祕密要暴露了，於是憤怒地吼了一句：「讓我一個人待著，用不著你多管閒事。」此話一出，他就後悔了。伊莉莎白臉色煞白，默默轉過身去，聲音裡帶著哭腔：「但你今天真的很反常。」在座的人都對他怒目而視，目光裡帶著譴責，他也察覺到自己說錯了話。然而，他還沒來得及道歉，一個鋒利如刀刃的生硬聲音便從桌子那邊傳來，是瑪歌的聲音：「何止今天，這幾年裡我都覺得鮑伯不成體統。把他當成一個紳士或者成年人來對待，真是大錯特錯呀！」瑪歌居然說了這樣的話，瑪歌，昨晚剛剛親吻了他的瑪歌。他感覺周圍的一切在天旋地轉，眼睛開始看不清東西，憤怒攫住了他。「我不成體統，這你最清楚了，沒人比你更清楚！」他惡毒地回擊道，然後站起身。他身後的椅子因為他突然站起來而翻倒了，但他沒有回頭看一眼。

然而，儘管在他自己看來也很荒謬，他晚上還是來到了那個花園，站在那裡向上天祈禱，希望她能來。或許這一切只是裝腔作勢和任性妄為。不，他不想再問她什麼了，也不想再折磨她了，只要她能來就好，只要他能再次感受到那柔軟溼潤的嘴唇和他的嘴唇緊緊相貼就好，所有的問題都可以封印在心裡。時間彷彿陷入了沉睡，夜猶如一頭野獸躺在城堡前，慵懶又疲憊：看不到盡頭的漫漫長夜，可謂荒唐。在他看來，四周草叢中輕柔的嗡嗡聲像是擁有了靈魂，在低聲嘲笑他。樹幹和枝條彷彿譏貶的手，輕輕地揮動著，與自己的影子和微微閃爍的燈光做遊戲。所有的聲響都是那麼混沌而陌生，比靜默更讓人痛苦抓狂。偶爾從鄉間傳來一聲犬吠，或是一道流星閃過，墜落在城堡後面不知什麼地方。夜色越來越明亮，樹影越來越陰暗，微弱的聲響越來越糾結不清。爾後，移動的雲朵再次遮蓋了天空，空留一片沉悶又憂鬱的黑暗。孤獨痛苦地籠罩著狂熱的心。

男孩踱來踱去。他越走越快，越來越激動。有時，他會憤怒地擊打一棵樹，或用手指搓碎樹皮，一直搓到自己皮破血流。不，她不會來了，他知道，卻不願相信，因為，她可能永遠也不會再來了，永遠。這是他一生中最苦澀的時刻。他還那麼年輕，控制不住自己的激情，猛地一下子撲倒在潮溼的苔蘚中，雙手緊緊摳住一把泥土，任由淚水靜靜地從臉頰滑落下來。少年痛苦地抽泣著，他還從未像現在這樣哭過，哪怕在孩提時也沒有，而且以後也不會。

這時灌木叢裡突然響起一陣沙沙聲，把他從絕望中短暫地拉了回來。他一跳而起，盲目地伸手摸索著向前，然後——這朝著他胸脯的一撲是多麼突然，多麼溫暖——那具他朝思暮想的軀體便再度被他擁入懷中。他喉嚨裡湧上來一陣輕輕的嗚咽，他的整個存在都消融在一陣前所未有的戰慄中。他緊緊抱住那個高䠷、豐滿的軀體，要宣布自己對它的主權，對方那陌生又緘默的雙唇間擠出聲聲呻吟。他感到她在他的強力之下呻吟和喘息，此時他才明白，這個女人受他的支配，不像昨天或者前天那樣，自己是她情緒的囚徒。

一股衝動攫住了他，他想報復，因為這個女人讓他受了那麼多苦，讓他日日夜夜不得安生；他要好好馴服她的性子，要懲罰她，因為她今晚當著那麼多人的面對他出言不遜，更因為她像個戲子一樣裝瘋賣傻。在他對她的狂熱愛戀中，糾纏著無法消解的仇恨，以至於此刻的擁抱更像是要吞噬她，而非什麼柔情蜜意。他鉗住她嬌小的手腕，使她整個身子都在顫抖和低泣，蜷縮成一團。然後，他粗暴地把她拉向自己，讓她動彈不得，不能反抗，只能繼續低聲喘息，不知是因為情欲還是疼痛。然而，無論他怎麼逼迫，她都不說一個字。他用嘴唇吮吸著她的唇，封住她的喘息，這時卻感到一股熱流——是血。她流血了，因為她用牙齒緊緊地咬住雙唇不讓自己出聲。他就這樣一直折磨她，直到自己也筋疲力竭。欲望的熱流在他胸脯裡翻湧，兩人此刻開始呻吟起來，彼此的胸口緊貼著。一切彷彿陷入了混沌，天火劃過夜空，磐石如在碰響，思緒飛旋不停，萬物只有同一個名字：瑪歌。他感到，從沉鬱的靈魂深處，那個名字躍躍欲出。最後，在一陣最熾熱的爆發中，他把它叫了出來，半是歡呼半是絕望，半是欲念半是仇恨，半是憤怒半是愛戀，那是一聲把三天裡積聚於心的痛苦都發洩出來的呼喊：瑪歌，瑪歌，這兩個音節對他來說仿如世間的音樂在迴旋繚繞。

它像電擊一樣穿透了她的身體。突然間，狂暴的擁抱凝固了，她把他狂野地猛力一推，隨著一聲抽泣，一聲從喉嚨裡迸裂而出的哭聲，烈焰再度燃燒起來。只是這次不是為了結合，而是為了掙脫他的懷抱，彷彿她對他恨之入骨。他在驚慌之中想要攔住她，可是她與他搏鬥起來，他把臉貼近她的時候，能感到她的臉頰顫抖著流下憤怒的淚水，還有她那纖細的軀體，像蛇一樣扭動著。突然，她猛地一把將他推開，逃跑了。她的裙子在樹林間閃爍著白光，轉瞬就淹沒在黑暗之中。

他再次一個人站在那裡，既害怕又迷茫，彷彿回到了第一夜，面對著從懷裡掙脫出來的烈火與激情，不知所措。星辰在他的凝視下閃閃發亮，熱血在他的額頭上撞擊出銳利的火花。他到底怎麼了？他摸索著穿過一排漸次稀疏的樹叢，深入花園，他知道那裡有座水花迸湧的小噴泉。月亮甦醒過來，穿破雲層灑下銀光，他讓奇妙地浸染了月光的泉水在手指間輕撫，聆聽它們的輕聲細語。此時，他的目光變得清澈澄明，一種不可思議的悲傷彷彿乘著微風從樹蔭間飄來，籠罩著他。他熱淚盈眶，悲傷從他的胸脯噴湧而出，越來越強烈，越來越清晰，比剛才那幾秒的相擁還要讓人喘不過氣來，他這才感覺到自己是多麼愛瑪歌。迄今為止的一切陶醉、驚懼，占有她時的顫抖、祕密不能訴諸言語的憤怒都從他身上消失了。愛情賜予的憂鬱與甜蜜充斥著他，那是一種幾乎無欲無求卻又勢不可擋的愛。

他為什麼要這樣折磨她呢？這三晚，她不是贈予了他許多不可言喻的經歷嗎？難道不是她教會了他愛的溫柔與狂暴，把他的生活從一潭死水之中拯救出來，在冒險中帶給他電光石火一般的輝芒嗎？而她呢，她在淚水與憤怒中一走了之！一種不可抗拒的、充滿柔情的渴望在他心中湧起，他渴望和解，渴望溫柔與平靜的話語，不知何故，他此刻只想將她擁入懷中，向她道謝，此外別無他求。是的，他想去找她，謙卑地告訴她，他愛她，他再也不會說起她的名字，也不會逼她回答任何問題。

泉水潺潺，銀光如注，他想到了她的眼淚。也許她現在獨自一人在她的房間裡，他沉思著，也許只有輕聲耳語的夜晚聽她說話，只有夜，它會聆聽每個人的傾訴，卻不施捨安慰。她近在咫尺，又彷彿遠在天涯。雖然看不到她髮絲的閃光，聽不見她近乎耳語的嗓音，他的心卻又與之糾纏在一起，兩個人的魂與魄緊緊相吻，這對他來說成了難以忍受的煎熬。他感到一陣不可抗拒的渴望，想去親近她，哪怕要像狗一樣趴在她的門前，像乞丐一樣守在她的窗下，他都無所謂。

當他猶豫不決地從樹林的黑暗中走出來時，少年看到樓上的窗戶裡仍然透著燈光。那是一抹暗淡的光芒，昏黃，閃爍不定，幾乎無法照亮窗前寬大的楓樹葉子。樹枝像手一樣向前伸，敲打在窗戶上，但又在溫柔的風中輕輕退卻。在細小閃亮的窗格前，它儼然一位高大而黑暗的竊聽者。瑪歌或許正在這塊閃爍的玻璃後面睡不著覺，或許在哭泣，或思念他。一想到這裡，少年便壓抑不住內心的衝動，不得不緊靠在樹上，免得整個身子劇烈顫抖起來。

他好像著了魔似的凝視著上方的窗子。雪白的窗簾在黑暗中晃動，在微風中搖擺不定。窗簾在室內溫暖的燈光照射下呈深金色，一接觸到輕輕浮動在圓形樹葉之間的透亮微明的月光，就彷彿鍍上了銀霜。窗戶內部的玻璃反射著室內流動的鬆散光影。可是，對於處在暗影中、此刻正狂熱地注視著上方窗子的那個人來說，窗簾後面的一舉一動就像咒文一樣，白紙黑字，一目了然。影影綽綽，銀色的閃光猶如青煙一樣在空白的螢幕上飄浮。這些轉瞬即逝的知覺、這些跳動不已的畫面，填滿了少年的想像。他看到了她、瑪歌，高䠷、美麗，哦，鬆散地披著那狂野的金色秀髮，不安在她的血液裡起伏不定，他看到她正在房間裡走來走去，在激情的支配下大汗淋漓，在極致的憤怒中抽泣不止。他現在可以透過高聳的牆壁看到她最細微的動作，彷彿那不是牆而是玻璃。他看到了，他看到她的雙手在顫抖，一下子倒在一張椅子上，默默無語，絕望地眺望著綴滿繁星的銀白色夜空。窗格亮起的片刻，他甚至覺得自己認出了她的臉，她正焦慮地朝下看著沉睡的花園，只為尋找他的身影。不羈的情緒最終壓倒了他，他克制卻又急迫地喊出了她的名字：瑪歌！……瑪歌！

窗戶那光亮的表面是不是有什麼快速地飄過，倏忽、潔白，就像一張面紗？他確信自己看到了什麼。他屏息靜聽。但沒有任何動靜。只有昏睡的樹木在後面靜靜地呼吸著，還有懶風吹動草叢那絲綢般窸窣作響的聲音，它們愈加遙遠和響亮，彷彿一陣溫暖的波浪湧來，又漸漸平息。夜平靜地呼吸著，窗外一片沉寂，銀色的窗框嵌著漸次暗淡的畫面。她沒聽見他的呼喚嗎，還是說她不想聽見？

窗邊顫抖的光芒讓他很是迷惑。他的胸膛抵在樹幹上，猛烈跳動的心臟好像要從裡面掙脫出來，連樹皮都因為他狂野的激情而微微顫動。他只知道一件事，那就是他現在必須見她，要跟她說話，他想大聲呼喚她的名字，哪怕驚醒眾人讓他們趕來看熱鬧也在所不惜。他覺得自己必須打破這死寂的現狀，就算再瘋狂也要試試，所有一切彷彿在夢裡那樣觸手可及。他抬頭再次仰視那窗子時，突然看到那棵傾斜的樹像路標一樣伸出了樹枝，他立刻用手把樹幹抓得更緊了。

轉瞬之間，他便明白自己該怎麼做了，他要順著樹幹爬上去——樹幹很粗，但柔韌而光滑——他要在那上面呼喚她，在她的窗戶近在咫尺的地方；在那裡，他要直接與她交談，在得到她寬恕之前絕不下來。他沒有多想，只看到頭頂的那扇窗在誘惑他，朝他發出柔和的閃光。他感覺身邊的樹結實粗壯，隨時準備著承載他。他順著樹幹飛快地攀爬，一衝而上，不一會兒雙手已經懸在一根樹枝上。他用力吊著自己的身體，幾乎被樹葉淹沒，下方的葉子驚恐地搖曳著。這波浪般顫抖的聲響傳達到樹枝最末端的葉子，靠近窗戶的那根樹枝更加前傾，劇烈地朝窗戶的方向垂壓，彷彿要警告房間裡那個一無所知的女人。

爬在樹上的少年此刻已經可以看到房間的白色天花板，中心是吊燈那明亮地閃爍著的金色光環。他興奮得發抖，知道下一刻就會親眼看到她——看到她或在號啕大哭，或在默默抽泣，或在欲火中燒。他的手臂軟了下來，但很快又重振陣勢。他順著那根伸向她窗戶的樹枝緩緩攀過去，膝蓋已經在流血，手心已經割破，可是他毫不理會，繼續往前爬，幾乎被近處窗戶反射過來的燈光照亮。有一叢寬闊的樹葉還懸在眼前，遮住了他的視野，還差最後一步他就能見到她了。他抬起手，為了把眼前的樹葉撥開，這時一道強光直晃晃地照在他臉上，他往前探身，顫抖了一下——身子控制不住猛地晃動起來，失去了重心，旋轉著墜落下去。

只聽見一聲悶響，他像一顆沉重的果實跌落在草坪上。上方，一個人影探出窗外，神色驚慌，但暗處毫無動靜，沉寂如一潭捲走溺水之人的湖水。很快，燈滅了，在昏暗的光線下，陰影寂靜不語，花園重又籠罩在鬼魅的氣氛中。

幾分鐘後，墜落者從昏迷中醒來。他兩眼驚異地向上凝視了片刻，只看見蒼白的天空和幾顆冷冷地俯視著他的迷途的星星。末了，他突然感到右腳傳來一陣劇烈的疼痛，他嘗試輕輕地移動一下，卻差點因為劇痛而哭出聲來。他一下子就明白自己發生了什麼事。他知道自己不能躺在瑪歌的窗下，不能向任何人求助，不能大喊大叫，不能魯莽行事，發出聲響。血從他的額頭上滴落下來，他一定是撞到了草坪上的一塊卵石或一塊木頭，他用手擦了擦，以免血流進眼睛。然後他試著向左側傾斜，用雙手深深地摳進泥土，慢慢把自己拉向前。每次碰到骨折的那條腿，哪怕只是晃動一下，都會傳來一陣劇痛，他害怕自己會再度在痛楚中暈厥。

他慢慢地往前爬，花了半小時才到達樓梯口，他覺得自己的手臂已經廢了。額頭上的冷汗與頑固地下滴的血摻雜在一起。還差一點，還差最後一步，最難的一步——只要爬上這段樓梯就行了。他在劇痛中緩緩地拖著身子往樓梯上爬，當最終來到樓上時，他用顫抖的雙手抓住了欄杆，氣喘吁吁。少年又爬了幾步，朝著遊戲室的門口緩行，他聽到那裡人聲沸騰，看見屋裡燈火通明。他拉著門把手想站起身來，突然，就像被人甩出去那樣，他雙手按著門把手，隨著門跌進了燈火通明的房間裡。

他的樣子一定很可怕，臉上沾滿泥土和鮮血，像團泥巴一樣倒在地上，男士馬上驚慌地奔過來，撞倒一把又一把椅子，只為衝上去救他。他被小心地抬到沙發上。他嘴裡胡言亂語著什麼，說自己去花園時不小心從臺階上摔了下去，這時他突然眼前發黑，被一條顫抖不停的黑帶所包圍，最後便失去了知覺，不省人事。

有人給馬裝上鞍，騎到最近的城鎮去請醫生。整座城堡都受驚了，四處悸動不已，人影幢幢。走廊裡的燈光像螢火蟲一樣閃爍個不停，門內傳來各種耳語和疑問，僕人睡眼惺忪、畏畏縮縮地跑來跑去，昏迷的少年最後總算被抬到了自己的房間。

醫生診斷說是骨折，並向大家保證沒有什麼大礙。傷者的一條腿裹上了繃帶，只能一動不動地久久躺著。旁人無論對他說什麼，都只能得到一個虛弱的微笑作為回答。對他來說，事情並不是特別糟糕。因為就這樣一個人躺著多好啊，遠離喧囂，無人打擾，置身於一個寬敞明亮的房間裡，只能見到沙沙拍打著窗戶的樹梢，還可以盡情想念自己的心上人。平靜地理清一切思緒，輕輕做著各種幻夢，不受凡塵俗事的干擾，一閉上眼睛，夢裡的一幕幕就會來到床邊，與自己耳鬢廝磨——這是多麼甜蜜。在愛情中，或許不存在比那些蒼白朦朧的夢境時光更寧靜的時刻。

最初幾天，疼痛依然很嚴重。然而，這痛苦被籠罩在一種獨一無二的愛欲之中。一想到自己是為了瑪歌，為了心愛的人而受苦，少年便覺得很浪漫，內心為自己感到驕傲。他想，如果留下一個疤痕該多好，就在臉上，血紅的一塊，他可以一直帶著它，向全世界展示它，彷彿騎士佩戴著他所侍奉的宮廷貴婦所代表的顏色；或者當時乾脆摔死了更好，那樣就可以躺在瑪歌的窗戶下面，粉身碎骨。他已經在幻想這一幕了：她在早上醒來，聽到窗外人聲鼎沸，於是好奇地把頭探出窗外，看到他的屍體，看到他血肉模糊的樣子，知道他是為她而死。他此刻彷彿聽見了她聲嘶力竭的尖叫；他耳邊傳來她的大聲哭喊；他能看到她絕望的樣子，見證她的悲慟。她這輩子都會因為他而不得安寧，她會終其一生身穿黑衣，滿臉憂鬱，不苟言笑，只為了悼念他。每當人家問起她為什麼如此痛苦時，她的雙唇便禁不住顫抖起來。

他就這樣做了好幾天的夢，起初只是在黑暗中，後來便睜著眼做白日夢，沉溺於美夢中每一幕的回憶。對他來說，沒有太明亮或者太喧囂的時刻：她的形象每分每秒都會從黑暗中浮現，像淡淡的影子一般劃過牆壁，來到他身邊；窗外會傳來她的聲音，無論是風吹樹葉的沙沙聲，還是烈日下沙子劈里啪啦的響聲，都不能將其掩蓋。他在夢中和瑪歌徹夜長談，還見到自己和她一起踏上了種種美妙的旅程。然而，每當他從這些美夢中醒來，內心都會亂成一團：她真的會為他傷心嗎？或許她已經把他給忘了？

當然，她有時也會來病房裡探望他。往往在他幻想著自己在和她那明淨白皙的身影說話的時候，房門便開了，而她真的走了進來，高䠷、美麗，但又與夢中的她截然不同。因為現實裡的她沒有柔情，也不會像夢中的瑪歌那樣激動地彎下腰親吻他的額頭。她只是坐在他面前的一張折疊椅上，問他感覺怎麼樣，還痛不痛，還跟他嘮叨一些花裡胡哨的事。她在場的時候，他總是又害怕又疑惑，儘管其中夾雜著甜蜜，他甚至不敢看她一眼；他常常閉上雙眼，為了能更好好聆聽她的聲音，將她的話語刻印在自己內心，讓它成為自己專屬的音樂，在身邊縈繞不絕數小時。他回答她問話的時候總是猶猶豫豫，因為他真的太愛沉默了，在沉默中他能身心投入地聽她呼吸，深切感受到自己與她在這個房間、在這個時空中共存，沒有別人。當她抬起頭，轉向門邊準備離開時，他總會忍著劇痛挺起身來，為了把她的身影與移動的輪廓最後一次刻印在自己心裡，在回到迷夢與虛幻之前再一次擁抱活生生的她。

瑪歌幾乎每天都來看他。不過，姬蒂和伊莉莎白不是也來了嗎？伊莉莎白、小伊莉莎白，那個總是心驚膽戰地看著他，用溫柔又擔憂的聲音問他有沒有好一點的伊莉莎白。他的姊姊不也是每天都來看望他嗎？還有其他的女性朋友，她們不也總來看他，真心對待他嗎？她們不也守在床邊，給他講各種各樣的故事嗎？她們甚至待得太久了，把他那些白日夢和胡思亂想都驅散了，讓他從平靜的沉思默想中甦醒過來，讓他回到現實裡那些無關緊要的寒暄和愚不可及的客套話中去。他希望她們都別來，瑪歌一個人來就夠了，哪怕就一個小時，就幾分鐘。然後他會再次獨自一人，不受打擾地夢到她，遠離塵囂，心如止水，彷彿被溫柔的雲彩承載著，只關注著自己的內心，只在乎他心中所愛的、安撫他的那些光景。

有時，當他聽到有人把手壓在門把上時，他會閉上眼睛，假裝睡著了。來訪者不久便會躡手躡腳地離開房間，他聽到門遲疑地關上的聲音，知道現在他可以再次回到夢境那溫暖的洪流之中，跟隨它輕柔地抵達最迷人的遠方。

有一天，他經歷了這樣一件事：瑪歌和他待在一起，雖然時間很短，但她的秀髮給他送來了花園的香味，那是盛開的茉莉花的溫熱芳香，她的眼眸則給他帶來了八月的燦爛陽光。那之後，他知道今天不用再期待什麼了，留給他的是一個漫長而明媚的下午，其光芒幾乎滲進他甜美的夢境，沒有人會來打擾他，因為他們都出去騎馬了。這時，突然有人帶著幾分膽怯推開了門，他馬上閉上眼睛，假裝在睡覺。但是進來的那個人——他在靜謐的房間裡聽得一清二楚——並沒有離開，而是默默地關上了門，以免吵醒他。現在，她踮著腳，小心翼翼地走近他。他聽到裙襬在地板上滑動發出的輕柔沙沙聲，知道她在他床邊坐了下來。此刻她細細凝視著他的臉，他的眼瞼幾乎能感覺到那道灼熱的目光留下的紫印。

他的心開始狂跳起來。是瑪歌嗎？當然。他感覺到了那種極致的誘惑，不想睜開眼睛，就這樣感受著她的存在，只是這樣的誘惑比往常更甜蜜、更狂野、更刺激。她想幹什麼？對他來說，此刻真的是一秒漫長似一年。她只是一直看著他，聆聽他入睡的聲音，他感到自己暴露在她的凝視之下，不能反抗，這樣的想法既讓人不安又令人陶醉，他的毛孔幾乎觸電似的疼痛不已。他知道，如果此刻突然睜開眼睛，他的目光就會像一件斗篷那樣溫柔地包裹住瑪歌那驚慌不已的臉龐。可是他沒有動，只是屏息靜氣、忐忑不安地等待著，心臟在他過於狹窄的胸膛裡怦怦直跳。等一下，再等一下。

什麼事也沒有發生。他只是感覺到她朝他彎下身來，把臉湊近他，他聞到那淡淡的香味，那種潮溼的、若有似無的丁香味，他已在之前的熱吻中對此熟悉無比。而現在，她把手放在他的床上——他的血液熱浪一般在臉上奔湧，貫穿全身——然後輕輕地撫過他蓋在被子下的手臂，溫柔、小心翼翼，彷彿帶有磁性，把他血管中的血液狂野地吸引過去。這種柔情蜜意的感覺是如此美妙，又是如此刺痛，使人焦灼。

慢慢地，幾乎順應著某種律動，她的手還在繼續撫摸他的手臂。他偷偷瞇起眼睛從眼瞼的縫隙中張望。起初，他只看到一片朦朧的紫紅色，一團動搖不定的光暈，然後他看到了鋪在他身上的帶黑色斑點的毯子，接著便是從遠處一路撫摸過來的玉手；它在他的視野中是那麼模糊，幾乎只是一道狹長的白色閃光，像一朵明亮的雲彩，倏忽即逝。他慢慢睜開眼睛。此刻，他看得清清楚楚，那是幾根白皙如瓷的手指，它們微微彎曲著，向前撫摸，然後又退回去，略帶調皮，壓抑不住內在的活力與生機。它們像昆蟲的觸角一樣爬過來，然後又縮回；他覺得這隻手彷彿有自己的生命，就像磨蹭著你裙子的小貓，一隻咕嚕咕嚕地用爪子充滿愛意地撓你的小白貓，哪怕此刻這隻手長了眼睛並朝他眨了眨，他也不會驚訝。不過，真的，手上不是長著眼睛嗎？在撫摸的時候還一閃一閃發著白光呢！不，這不是眼睛，而是一道金屬的閃光，是黃金的光芒。

此刻，手朝他眼前撫摸過來的時候，他凝神看清楚了，手背上顫動的是那枚八角形雕飾。沒錯，那枚洩露了所有祕密的神祕八角形雕飾，硬幣一般大小。撫摸他手臂的是瑪歌的手，一想到這裡，他就血脈僨張，想要馬上將這隻柔軟、白皙，而赤裸的玉手拉到他的唇邊親吻。然而就在這時，他感到她的呼吸離他只有咫尺之遙——她把臉湊了過來。他再也無法裝下去了，一下子睜開眼睛，滿眼幸福地看著那張因為受驚而猛地縮回去的面孔。

就在這一刻，俯身投下的陰影已經退卻，光線流淌在眼前這位少女激動不已的輪廓上，他認出了——他彷彿被雷擊中一樣，四肢猛烈地抽搐起來——伊莉莎白、瑪歌的妹妹，年輕而古怪的伊莉莎白。他在做夢嗎？不，他凝視著那張飛紅的臉，伊莉莎白正焦急地把目光移開。沒錯，正是伊莉莎白！他一下子意識到自己犯了大錯，目光如飢似渴地在她的手上搜索，果然，她手上戴著的正是那枚八角形雕飾。

他的眼前天旋地轉起來，就像當初快要昏倒的時候一樣。可是他咬緊了牙關，不想在這個時刻失去意識。所有發生過的事都在眼前一閃而過，濃縮在這一秒鐘裡，瑪歌的震驚與高傲，伊莉莎白的微笑，那神祕莫測的像一隻沉默的手一樣拂過他的目光——不可能，不可能，不可能弄錯的。

這時，反倒是伊莉莎白主動開口了。他冥思苦想的樣子想必很猙獰，她禁不住問了一聲：「是不是還很痛啊，鮑伯？」

她們兩個的聲音多麼相似啊，他心想。他腦袋空空，只能回一句：「嗯，嗯……不，我的意思是……我沒事！」

兩人再次沉默起來。一個想法像熱浪一樣席捲了他，可能這東西只是瑪歌送給她的呢？他自己也知道這不是真的，不過他必須問個清楚。

「你那個八角形雕飾怎麼來的？」

「啊，這個，這是美洲的某個共和國的硬幣，我不知道到底是哪個。羅伯特舅舅送給我們的。」

「我們？」

他屏住了呼吸。現在她要說出真相了。

「嗯。瑪歌和我都有一枚。姬蒂不想要。我也不清楚為什麼。」

他感到淚水在眼眶裡打轉。他小心地將頭偏向一邊，這樣伊莉莎白就看不見了，他的淚水再也壓抑不住，緩慢地從一側臉頰滑落下來。他想說點什麼，又怕自己因為壓不住哭聲而說不好話。他們都一聲不吭，互相焦慮地窺視著對方。最後，伊莉莎白站起身來。「我現在得走了，鮑伯。你要快點好起來啊！」他閉上眼睛，聽到門在前面輕輕嘎吱一聲，關上了。

思緒像群受驚的鴿子一樣翻飛不已。直到現在，他才明白這場誤解有多麼可怕。自己愚蠢行為帶來的羞恥和憤怒攫住了他，同時心裡又湧起一種瘋狂的痛苦。他現在知道，他永遠失去了瑪歌，但他感到自己對她的愛沒有變，儘管此刻帶著點萬念俱灰的渴望，知道自己永遠也無法觸及她了。而伊莉莎白呢——他在憤怒中把她的形象推開，因為她所有的奉獻和熱情對他來說甚至都比不上瑪歌的一個微笑，或者一個輕輕撫摸他的手勢。如果當時伊莉莎白主動站出來承認這一切，他會愛上她，因為當時熱戀中的他就像個孩子一樣。然而現在，在那千千萬萬個夢中，瑪歌這個名字已經被他深深地烙印於心，永遠也無法從他的生命中抹除了。

他感覺到天旋地轉，淚水淹沒了一切知覺。就像生病的日子裡那樣，他在漫長又孤獨的時光裡徒勞地試圖喚醒瑪歌的身影；可是伊莉莎白總是如影隨形，帶著她深邃而充滿渴望的目光逼近，然後所有幻夢都變成了一團亂麻。他必須再次痛苦地思索，搞清楚事情的來龍去脈。當他想到自己曾站在瑪歌的窗前呼喚她的名字時，內心又開始同情沉靜的金髮伊莉莎白。在所有這些日子裡，他從未對她說過一句話，也沒正眼看過她一回，而本來，他應該像烈火一樣對她燃燒自己的謝意的。

翌日早上，瑪歌來到他的床前待了片刻。她站得離他那麼近，他嚇了一跳，不敢正視她的眼睛。她對他說了些什麼？他幾乎聽不見，因為太陽穴裡瘋狂地嗡嗡作響的聲音比她的嗓音還要響亮。直到她轉頭離開的瞬間，他的目光才再次充滿渴望地擁抱她的身影。他覺得自己從來沒有像現在這樣愛她。

下午伊莉莎白來了。她的手略微有些親密地撫摸他，她的聲音很平靜，也有些糊塗。她說著無關緊要的事情，彷彿帶著某種恐懼，彷彿害怕在談論他的時候暴露自己。他不太清楚自己對她的感覺。有時，他覺得像是憐憫；有時，又像是感激，因為她那麼愛他。但他什麼也說不出口。他幾乎不敢看她一眼，生怕自己忍不住對她撒謊。

每天伊莉莎白都會來看他，而且留在他房間裡的時間越來越長。彷彿自他們之間的祕密雲鎖雨霽的那刻起，忐忑不安的氛圍就消失了。可是他們從不敢談論花園暗處發生的那件事。

伊莉莎白又依靠著他的扶手椅坐下。外面陽光明媚，隨風輕輕顫動的樹梢在牆壁上投下綠瑩瑩的光。此刻，她的秀髮如火燒雲一般熾熱，肌膚蒼白而透明，整個人都在發光，輕盈無比。他躺在床上，從枕間的陰影看去，只見她對著自己微笑，那笑靨觸手可及，卻又那麼遙遠，衍射出一種他永遠無法企及的光。在這一刻，他忘掉了所有發生過的事。她朝他彎下身子的時候，眼眸似乎更加深邃了，瞳仁那烏黑的螺旋直抵身體深處。趁她向前傾身，他用手臂一把抓住她，將她的頭拉向自己，輕輕地親吻她小巧、溼潤的嘴唇。她猛烈地顫抖著，卻沒有反抗，只是悲傷地輕撫他的頭髮。然後她吸了口氣，溫柔又憂傷地說道：「你只愛瑪歌。」這句話直擊他的內心，他知道她願意委身於自己，感受到了她那種無可奈何的絕望。那個從她口中說出的名字強烈地搖撼著他，穿透了他的魂魄。但這一刻，他不敢說謊。他一個字也沒說。

她再次吻了吻他的唇，異常輕盈，就像姊妹一樣，然後一言不發地離開了他。

這是他們唯一一次談論他們之間發生的事。幾天後，康復中的他被人扶著領到花園裡，第一批落葉正在小路上隨風翻飛，漸短的白晝讓人想到秋日的憂鬱。又過了幾天，他已經可以一瘸一瘸地獨自行走了，於是又來到花園裡那五彩斑斕的樹蔭下。這或許是今年最後一次在這裡漫步了，樹葉在疾風中颯颯作響，彷彿在言語，只是比那三個夏夜更嘹亮、更氣惱。少年憂傷地來到那個最初和伊莉莎白相擁的地方。那兒彷彿豎起了一堵黑色的巨牆，在它後方是越來越朦朧的童年，前方則是另一個國度，陌生而危險。

晚上，少年去向所有人道別。他再次深深地凝視瑪歌的臉龐，彷彿這一生都要從其中啜飲；然後把手搭在伊莉莎白的手背上，伊莉莎白的手緊緊地握住了他的手。他感到一股傳過來的熱流。他又看看姬蒂，看看朋友，看看他的姊姊，然後從他們身邊走過。他的靈魂裡有萬千思緒，他感覺到自己愛著一個人，又被另一個人所愛。他的臉色蒼白，神情苦澀，看起來不再像個男孩。人生中第一次，他看起來像個男人。

不過，在馬夫給馬上鞍的時候，他看到瑪歌冷漠地轉身上樓，而伊莉莎白則雙眼盈滿淚水，緊緊地扶著欄杆。此時他感到內心充滿了一種全新的體驗，最終控制不住自己，像個小孩一樣痛哭起來。

城堡的燈火越來越遙遠，漆黑的花園在車輪掀起的滾滾塵土間越縮越小，廣闊的景色開始展現在他面前。末了，他所經歷的一切終於淡出視線，成了回憶，緊緊地壓在他的胸口。兩小時後，他抵達了附近的火車站。第二天早上他便回到了倫敦。

又過了幾年，他不再是少年了。但那最初的體驗在他身體內是如此鮮活，永遠無法枯萎。瑪歌和伊莉莎白都結婚了，但他不想再見到她們，因為對那些日子的回憶具有如此強大的、壓倒性的力量，以至於日後的人生與之相比都只是天光雲影，縹緲幻夢。他成了一個無法與身邊任何女性建立關係的人，也失去了愛的能力，因為在自己還是個不經事的少年那時候，他戰戰兢兢地伸出來的顫抖雙手就已經擁有了兩份極致的感情——愛與被愛，這兩種感覺在他生命的一瞬間完美地融合在一起，在今後的人生裡，他再也不想去尋找類似的東西。他周遊列國，處事得體，沉默寡言，甚至有點冷酷無情，正是世人所設想的一位英國紳士的形象。在旁人看來，英國男人都不苟言笑，只會用冷漠的目光瞥一眼女人的臉龐與微笑。誰會想到，他們的目光其實早已託付給某位女子，她的音容笑貌已經融於血肉，在他們的內心燃燒，儼然聖母瑪利亞像前的永恆之光。

現在我知道這個故事是怎麼來到我腦海裡的了。在我今天下午讀的書中夾著一張明信片，那是一位加拿大的朋友寫給我的。他出身英國，是我某次旅行途中的年輕旅伴，我常在夜晚與他長談，他言語間常常神祕地浮現出兩位女子的形象，她們與他的青春韶華融合為一，在遠處閃爍著靜默的亮光。我已經很久沒聯繫他了，那時的談話也早已遺忘。可是今天，當我發現書中的明信片時，記憶再次浮現，如夢似幻地混雜著他的各種個人體驗，於是我感覺像是在那本從我手中滑落的書裡讀到了他的故事，又或者在一個夢中遇見了它——

可是，此刻房間裡是多麼黑暗啊，而你，置身朦朧遠方的你，離我又是多麼遙遠！我彷彿看到你所在的地方閃著一絲溫柔的亮光，卻不知道你是在微笑還是哭泣。你在微笑嗎？因為我為萍水相逢的人編造了這麼一個異想天開的故事，塑造了那麼多悲歡離合，卻又讓它們回歸原來的生命與時空？又或者，你為那位少年感到憂傷，因為他與愛情擦肩而過，只一瞬間就永遠失去了那個充滿甜蜜夢幻的花園？你看，我並不想把故事講得太過悲傷，太過灰暗，我只是想向你講述一位墜入愛河的少年，他愛，也被人所愛。只是，黃昏時分所講的故事，最終都會在一條憂傷而安靜的街道上徘徊不散。在那上方，暮色如薄紗，悲慟為天穹，疏星寥落，黑暗融於血肉，承載著它的千言萬語，無論多麼閃亮和繽紛，最終都會聽來飽滿而沉重，彷彿出自我們自己的人生。

馬來狂人

一九一二年三月，那不勒斯港的一艘遠洋輪卸貨的時候發生了一起奇怪的事故，各家報紙對此進行了巨細靡遺，卻不時添油加醋的報導。儘管我當時也是這艘名為「大洋號」的郵輪的乘客，然而無論對我還是對其他乘客來說，要說清這件怪事的來龍去脈並不容易，因為事情發生在深夜，而且正逢船隻裝煤卸貨的時候，我們當時為了避開這巨大的雜訊，都紛紛跑上岸去了，在那裡的咖啡館和劇院消磨時光。不過，我個人認為，當時沒有對大家說出口的某些猜測，或許恰恰能解釋後來發生的那件事，直到多年之後的今天，我才可以把這件事發生之前那場推心置腹的談話公開。

三

當年，我想透過加爾各答船務公司預訂一個「大洋號」郵輪的船位回歐洲，詢問之後，工作人員卻對我遺憾地聳了聳肩。

他還不知道能不能幫我訂到位，因為雨季在即，船上絕大多數艙位都在澳洲那邊被預訂了，他得先等新加坡那邊的電報。

翌日，他高興地告知我，可以為我預訂一個位置，儘管那只是甲板下位於船中央的一間不太舒服的小艙。我已經迫不及待地想回家了，於是沒怎麼猶豫就讓他幫我訂了位。

工作人員所言果然不錯。這艘船上人滿為患，船艙也很糟糕，那是靠近蒸汽機的一個狹小的矩形角落，唯一的光源就是從一扇圓形玻璃小窗透進來的昏暗的光。凝滯的空氣中彌漫著油汙和霉菌的味道。你一刻也無法擺脫那臺電扇的雜訊，它像一隻瘋狂的鋼鐵蝙蝠一樣在你額頭上呼嘯。下方的機器發出嘎吱嘎吱和轟隆轟隆的聲音，就像一個喘著大氣在樓梯上跑上跑下的運煤工人；上方則不斷傳來在甲板上散步的人咔嗒咔嗒、拖來拖去的腳步聲。

於是我一把行李塞進那個用可怕的桁架拼成的、散發著霉味的墳墓，就馬上逃到甲板上，像吸龍涎香似的貪婪地吸著從陸地吹來的甘甜柔和的風。

不過，就連甲板上也很是逼仄，四處混亂不堪、人頭攢動、人聲鼎沸，大家都關在這個地方無所事事，精神緊繃地走上走下，聊著各式各樣的東西。女人嘰嘰喳喳、喋喋不休，在甲板那狹窄的通道上不停地繞著圈子，像一大群蜜蜂那樣不安分地從椅子前嗡嗡地飄過，就為了與認識的人湊在一起，這不知怎的，讓我感覺非常不舒服。我見到了一個嶄新的世界，各種飛快地彙聚在一起的畫面在瘋狂的追逐中闖進我的內心。此刻，我只想把這些蜂擁而至的圖像一一鑒別、拆解、分類、重組，可是在這條人滿為患的道路上，連一分鐘的安寧也沒有。看書的時候，字句總會被那些行色匆匆的人影打碎。對我來說，在這條連歇息處都沒有的、人來人往的輪船走道上獨自一人待著，是件根本不可能的事。

我努力嘗試了三天，無奈地看著路過的人和總是一模一樣的大海。海是那麼藍、那麼空曠，只有在日落時分才會突然被澆滿繽紛的色彩。至於在甲板上活動的人，在觀察了他們三天三夜之後，想不記住也難。每張臉都熟悉得讓人厭倦，女人尖聲大笑的聲音不再讓人抓狂，那兩個住在隔壁的荷蘭軍官吵架的聲音也不再讓人火大了。那麼，現在只能逃跑了，可是我睡覺的船艙又熱又悶，沙龍裡總有一些英國小女生在彈奏她們那糟糕透頂的鋼琴曲，舞也是跳了一陣又一陣。最後，我決定強行改變自己的作息，在下午的時候猛灌啤酒，回到船艙裡倒頭就睡，想把晚餐和夜裡的舞會都睡過去。

醒來的時候，那仿若棺材的小船艙裡已經伸手不見五指了。我關掉電風扇，太陽穴處感受到了房間裡那油膩又濡溼的空氣。我的感官好像一下子失靈了，花了好幾分鐘才想起現在是什麼時候、自己又是在哪裡。午夜肯定已經過去了，因為我沒聽見音樂的響聲，也沒聽見走來走去的腳步聲，只有那臺發動機，好似利維坦巨獸[1]呼吸時一跳一跳的心臟，喘息著將輪船那轟隆作響的身體推向無形。

我摸索著爬到甲板上。那裡空無一人。當我將目光移向冒著熱氣的煙囪和閃爍著幽靈般微光的帆桁時，一道神奇的光芒突然躍進我的雙眼。夜空晶光閃爍。在漩渦般四處散落的銀色繁星的襯托下，雖然天空一片漆黑，但依然能感覺到它在發光；彷彿那裡有一道天鵝絨帷幕，遮住了後方強烈的輝芒，璀璨群星只是帷幕上的縫隙和缺口，那後方是一團無以言喻的亮光。我從未見過類似那夜的天空，天幕是如此燦爛，湛藍清冷又閃爍不已，繁星的光點好像要滴落下來，令人心醉神迷。那是從月亮和群星中瀉下的光芒，不知何故好像是從一個神祕的核心往外燃燒出來的。月光輝閃如銀白的清漆，船隻的所有線條在天鵝絨般的黑色海洋的襯托下熠熠生輝。纜繩、橫桁，一切的側影和輪廓都融解在這流動的光芒中。桅杆上的燈光彷彿在虛空中閃耀，上方懸掛著瞭望臺那圓圓的瞳孔，在天宇那璀璨的繁星之間，這是來自人間的一顆昏黃的星星。

在我的頭頂上矗立著魔法般的南十字星座，它彷彿被閃耀的銀釘釘在無形的天幕上，看起來似乎在懸浮，實則只是船在晃動。它微微震顫的胸膛在一上一下地呼吸著，儼然一位身形龐大的泳者穿越暗黑的波浪。我站在甲板上憑欄遠眺，感到自己好像在淋浴，星光如溫暖的水流從上方灑落，銀白、和煦，濺溼了我的頭頂、雙肩、雙手，甚至好像要進入我的體內，而我身體裡那本來凝滯不動的東西突然一下子閃亮無比。

我深深地吸一口氣，彷彿獲得了解脫，感到純淨而幸福。唇上的空氣好像瓊漿玉露，是那麼柔和、醇厚、微醺，帶著微微的果香和遠方島嶼的芬芳。踏上這艘船以後，我第一次被一種夢遊般的神聖欲念攫住，此外還有一種更深的肉欲，那就是把自己的身體獻給這圍繞著我的溫柔夜。我想躺下來，觀察頭頂那白色的象形文字。可是，那些躺椅和折疊椅都已被收起來了，在空空蕩蕩的甲板上，再也找不到可以躺下來靜靜做夢的地方。我只好繼續摸索著往前，沿著船前端的部分走。船上物件表面反射出的光線映照著我，我的眼睛一下子差點看不到前面的路。這彷彿在熊熊燃燒的白堊色星光幾乎讓我感到疼痛，我想把自己藏在陰影裡，躺在一張墊子上，感受那不是和我擦肩而過，而是從上面灑落下來的星光——星光從物體的表面反射回去，像大家從一個昏暗的房間裡眺望風景那樣。

最後，我扶著纜繩，繞過了那些盤起來的鐵索，終於來到了船的龍骨處。我往下俯瞰，見到船首劈開黑色的波浪，月光好像融化了一樣，隨著浪花在船劃開的海面兩側飛濺。船犁不斷地抬起又降下，翻耕著黑色土塊般的波浪。我感受到了大海，感受到了這被征服的元素的所有痛楚，感受到了這個閃爍不定的遊戲裡所有人間的力量與欲念。

---

1 利維坦巨獸：《聖經》中描述的一種象徵邪惡的海怪。

在眺望中，我慢慢遺忘了時間，不知道自己站在那裡是有足足一小時，還是只有幾分鐘。在這不斷重複的顛簸運動中，船像搖籃一樣，帶著我翻越了時間。我只感到一陣壓倒性的疲憊，那是一種類似快感的疲憊。我想睡覺，想欣然入夢，可是又不想離開這魔法，不想回到我的棺木裡。我不由自主地用一隻腳往後探了探，結果碰到了一團纜繩。我在纜繩上坐下，閉上雙眼，然而就連這樣也無法帶來全然的黑暗，因為透過眼瞼我還是能感受到天幕上那銀白的光芒。在我的下方，水波在輕輕地嘩嘩作響；在我的上方，世界那白色的浪潮正帶著幾乎聽不見的聲響漫過我。漸漸地，這種聲響融入了我的血液，我再也感受不到自己了，再也不知道這呼吸屬於我抑或是屬於輪船那在遠處搏動的心，我像波浪一樣翻湧，在這午夜世界不眠不休的律動中流淌。

三

這時，旁邊突然傳來一陣輕輕的乾咳聲，把我嚇了一跳。我從酣然的迷夢中驚醒，被天上的銀白光輝所刺痛的眼睛緩緩睜開：就在我對面，船舷的陰影中，有什麼東西像眼鏡片一樣閃閃發光，接著又閃現了一道粗大的圓圓火光，那是一支菸斗裡燃燒著的菸絲。我剛剛坐下來時，只低頭看了看泛著白色浪花的船首，並抬頭看了看南十字星，所以沒有留意到這位鄰居，他剛才肯定一直一動不動地坐在這裡。我還沒有完全緩過神來，下意識地用德文說了一句：「不好意思！」「啊，沒關係……」黑暗中的聲音也用德文回答道。

我說不清楚這是怎樣一種奇怪又恐怖的感覺——在黑暗中，有人並排坐在你的身邊，一聲不吭，可是你又看不見他。我不由自主地感到這個人在盯著我，就像我盯著他一樣。可是我們頭頂的月光是那麼強烈，就像白色的閃爍洪流，以至於我們兩個都看不清彼此，只能看見陰影裡的一點輪廓。我覺得我聽見了他呼吸的聲音，還有吸菸斗的嘶嘶聲。

這沉默讓人無法容忍。我巴不得馬上離開，可是這樣做太突然、太莽撞了。我尷尬地掏出一根菸。劃火柴的時候發出了一陣嘶嘶聲，光線在逼仄的空間裡閃亮了一秒。我在對面的眼鏡片下見到了一張陌生的臉，這張臉我無論是在船艙裡、在吃飯的時候，還是在甲板散步時，都從來沒有見過。而且，或許是因為火柴突然的閃光灼痛了雙眼，或許只是一個幻象，我看見眼前這張臉恐怖地扭曲在一起，陰森可怖，幾乎不像是人類。正當我想仔細辨認它上面的細節時，火柴熄滅了，黑暗重又把那被匆匆點亮的面容抹掉，我只能辨認出這個人的輪廓，他正靠在暗影裡，偶爾才有一道菸斗那圓圓的紅色火環浮現在虛空之中。我們倆都一言不發，沉默如熱帶空氣一般悶熱、壓抑。

我終於受不了了，站起身，禮貌地說了一句：「晚安。」

「晚安。」他在黑暗中回答，聲音生硬、嘶啞，彷彿生鏽了一樣。

我費力地蹣跚著越過船桅旁邊的索具。身後傳來一陣腳步聲，倉促而猶疑，是剛才那個人。我下意識地停了下來。他並沒有靠得很近，在黑暗中我感覺到他走路的方式有種微微的恐懼和沮喪。「請原諒，」他氣喘吁吁地說，「我能拜託您一件事嗎？我……我……」——他支支吾吾，因為難堪而一時間無法接著說下去——「我……我……我有私人的……非常私人的原因要躲在這裡不露面……是因為喪親……我不想和船上的任何人有接觸……不……我說的不是您……不，不……我只是想拜託您一件事……請您不要跟船上的任何人提起在這裡遇到我的事……我真的是因為……非常私人的原因……不能被這裡的人見到……對……沒錯……如果您跟別人提起，晚上看到我一個人在這裡……那麼我會覺得很尷尬……我會……」他突然卡住說不下去了。我匆匆地向他保證，絕對不跟任何人提起今晚的事，以此令他放心。最後，我們握手道別。我回到了自己的小房間，悶頭就睡，然而這一夜很奇怪，我睡得格外不安穩，夢裡見到了許多讓人迷惑不解的畫面。

三

我信守諾言，沒有對船上的任何人說起這次奇遇，雖然這樣做的誘惑不小。因為在海上航行的時候，再小的事情都會變成一件大事——無論是地平線上的一片帆、躍出水面的一隻海豚、某人給你的一眼秋波，還是一個隨口說出的笑話。同時，我也被好奇心折磨著，想瞭解更多這位不同尋常的乘客的情況。我在船上乘客的名單中尋找那個可能屬於他的名字，還仔細觀察這裡有沒有人可能與他有關係。一整天，我都被一種神經質的焦慮折磨著，一直在等夜色降臨，看看有沒有機會再遇見他。這些心理上顯得分外神祕的事物對我有一種特別的吸引力，總使我不安分，讓我血液沸騰。我想尋找事物之間更深層次的關聯，那些行為舉止異常的人一下子就能點燃我心中的激情，讓我渴望瞭解他們，這種激情甚至可以和占有一個女人的激情相匹敵。白天是那麼漫長，在我的指間碎成一陣空虛。我早早就上床睡覺了，我知道，午夜的時候，我會醒來，那個東西會喚醒我。

果然不錯，我在昨天的同一時間醒了過來。在時鐘的夜光鐘面上，兩根指針重合在一起，在黑暗中閃著螢光。我急忙從溽熱的小船艙裡走出來，進入更加悶熱的夜。

繁星如昨日一般，灑下迷漫的光芒，籠罩著顫抖的船身，高高的南十字星璀璨閃光。一切都像昨天一樣——在熱帶，白天和黑夜比在我們生活的地方更像雙胞胎——只是，在我身上，昨天那種柔軟、流動、彷彿置身搖籃之中的夢幻般的感覺不復存在。有什麼東西在拉扯著我，迷惑著我，而我知道它要將我拉到哪裡。我走到了輪船的龍骨上，想看看在黑暗的船舷兩側，那個神祕人是不是又僵硬地坐在那裡。船上方傳來一陣鐘聲，它牽引著我，把我一步一步地向前拉，我既有點抗拒，又禁不住被吸引，最後終於放棄了抵抗。我還沒到達船的艏柱，就看到黑暗中突然有什麼像一隻火紅的眼球一樣閃亮：是他的菸斗。他果然在那裡。

我不由自主地後退了幾步，最後停了下來。本來我已經準備離開，可是黑暗裡有什麼東西動了動，一個身影站起來，朝我走了兩步。突然，我聽到他的聲音就在我面前，那聲音彬彬有禮，卻非常壓抑。

「很抱歉，」他說，「您是想坐回昨晚那個位置吧？我有種感覺，你一見到我就想往回走。沒事，您去那裡坐吧，我要走了。」

我趕緊勸他留下來，解釋說我剛剛退後一步是不想打擾他。「您不會打擾我的，」他略有些苦澀地說，「正相反，我很高興有個人來做伴。我已經十天沒和別人說話了……其實，我已經好多年沒和別人真正地交談了……要再次開口真的太難了，也許是因為一直都把要說的話憋在心裡，我幾乎要窒息了……我不能再待在那個小船艙裡了……那裡就像一具棺材……真的待不下去了……可是我又忍受不了和別人在一起，因為他們整天就只會笑啊笑……我現在再也忍受不了這種東西……他們談笑風生的聲音都傳到我的房間了，我只能把耳朵堵住……當然，這些人，他們不知道，我……可是他們當然不知道了，畢竟，這件事和他們又有什麼關係……」

他又頓了一下。然後突然著急地補了一句：「對不起，我本來不想打擾您的……原諒我話這麼多。」

他鞠了一躬，想轉身離開。我連忙對他說：「不，您一點都沒有打擾我。我也很高興能在這裡和別人靜靜地聊聊天……您有菸嗎？」

他拿出一支菸。我點燃了它。那張臉又一次在黑暗中閃現，不過現在完全轉向了我：眼鏡後面的眼睛貪婪又瘋狂地打量著我的臉。我突然一陣寒戰。我感覺到，眼前這個人想對我傾訴什麼，而且是必須傾訴。我知道，只有靜靜地聆聽，才能幫上他。

我們又坐了下來。他身邊還有一張躺椅，他請我在上面坐下。我們的香菸在黑暗中閃著微光，他菸斗的光環在黑暗中不安地晃動著，我知道，他的手正在發抖。但我對此不發一言，他也一直沉默著。然後，他突然輕聲問我：「您累嗎？」

「完全不累。」

黑暗中傳來的聲音再次猶豫了一下。「我想問您一件事……或者說，我想跟您講一件事。我知道，我很清楚地知道求助於我遇到的第一個人是多麼荒謬，可是……我……我現在的精神狀態非常糟糕……我必須把這件事跟某個人說……否則我會死……您會明白的，要是我……要是我把這件事一五一十地告訴了您……我知道您沒法幫我……但我把這件事壓在心裡太久了，幾乎因此而病倒……對旁人來說，一個病人所講的事總是那麼可笑……」

我打斷了他，請他不要再繼續折磨自己。他應該把這件事告訴我……當然，我不能向他承諾任何東西，可是每個人都有義務向別人伸出援手。看到有人處在這樣一種苦惱中，那就必須給予幫助……

「義務……有義務去幫助對方……有義務去試著幫助對方……您真的這樣認為嗎？您真的覺得，我們有這個義務……有義務對別人伸出援手？」

他重複了好幾次這句話。我突然對這種單調又固執的重複感到害怕。這個人，他是不是瘋了，還是說喝醉了？

彷彿我開口把這個疑慮說了出來一樣，他突然一改自己的語調對我說：「或許您覺得我瘋了，或者喝醉了。不，我沒有──現在還沒有。只是您方才所說的話奇怪地觸動了我……真是太神奇了！因為現在折磨著我的，恰恰就是這件事，關於一個人有沒有義務去……有義務去……」

他好像又說不下去了。在一陣短暫的沉默之後，他重新振作起來，開始講述：「其實，我是醫生。做我們這行的人，經常會遇到一些病患，一些讓人絕望的病患……嗯，就是說一些邊緣病患吧，因為這時你不知道，是不是該履行自己的義務……因為有時你面對的義務不止一個，你對他人有義務，可是對自己、對國家、對科學都有各自的義務……樂於助人，當然，我們正是為此而生的……可是在醫學病例裡，最高的原則卻往往是理論性的……幫別人是應該的，可是要幫到什麼程度呢……比如說，您對我來說是個陌生人，我在您的眼裡也是個陌生人，而我請求您不要洩露曾經見過我這件事……好，您守口如瓶，履行了對我的義務……我還請您傾聽我所說的話，因為再這麼沉默下去我會死……您這次也履行了義務，當我的聽眾……很好……可是這都是一些容易解決的事……要是我現在請求您，要您把我扔進大海裡……這樣的話，所謂的『熱心腸』和『樂於助人』就結束了。履行義務總有個限度……它總會在某個地方失效……義務會一下子不管用了……或者說，作為醫生，就無論如何都要把義務貫徹到底嗎？僅僅因為有拉丁語文憑，醫生就非得是救世主嗎？他必須拯救全世界嗎？如果有個人……如果有個人來求他幫忙，要他行行好，伸出援手，他要為了救人而不惜赴湯蹈火，獻出自己的一生嗎？……沒錯，義務總有自己的界限……當你覺得自己無能為力的時候，那裡就是界限……」他突然打住不說了，猛地站起身來。

「對不起……我剛剛太激動了……不過我沒喝醉……還沒有醉……我可以向您承認，現在我經常出現這樣的情況，因為一直處在這地獄般的孤獨中……您想想，我這七年來幾乎只生活在當地人和動物之中……我已經忘了該怎樣冷靜地說話。每次我一開口說話，就不自覺地口若懸河，停不下來了……可是等等……對，現在我知道自己想說什麼了……我想問您，介不介意聽我講述這樣的一件事，關於一個人是否有義務總是對他人伸出援手……像純潔的天使一樣伸出援手，哪怕……那個，我擔心這件事會講很久。您真的不會對我說的話感到厭倦嗎？」

「完全不會。」

「我……我謝謝您……您喝這個嗎？」

他摸索著走入身後的暗處。有什麼東西在叮叮噹噹地相互碰撞，那是兩個、三個……好幾個酒瓶子，他把這些酒瓶一一放在自己身邊。他遞給我一杯威士忌，我輕輕地抿了一點，他則猛灌了一口。一時之間，我們兩人相對無言。鐘聲響起，現在正好是十一點半。

三

「嗯……我想跟您說這樣一個案例。假設有一個醫生……他身處一座小鎮……或者其實是在一座小村莊……一個醫生……這醫生呢，他……」

他又支支吾吾起來，然後突然把椅子拉到我身邊。

「不行……我必須從一開始就對您開誠布公……不能把這件事當成一個案例或者一種假設……我不能有任何羞恥，不可以遮遮掩掩……病人在我面前都有勇氣一絲不掛，給我看他們的癬、尿液、糞便……不能拐彎抹角，也不能有所保留，這樣才能真正得到醫治……那好，我不說什麼傳說中的某位醫生了……我要在您面前徹底袒露自己，我要說，這個人就是我……在這個蠶食靈魂和吸吮骨髓的該詛咒的國家裡、在這種骯髒不已的孤獨中，我幾乎已經忘了什麼是羞恥。」

我一定是做了什麼反應，因為他此時停了下來。

「啊，您不同意我的說法……我理解，您對印度、寺廟和棕櫚樹肯定滿懷熱情，畢竟兩個月的旅行看到的都是羅曼蒂克。沒錯，熱帶充滿了魔力——如果你只是在火車上、在小轎車和人力車裡走馬看花的話。我七年前第一次來這裡的時候也和您的感受差不多。在這裡，我有著各種各樣的夢想，想學當地的語言，想讀印度教聖書的原文，想研究各種疑難雜症，想好好地做我的研究，想考察當地居民的心理——正如歐洲人常說的那樣，我成了一個人道主義的傳教士、一位文明的使者。所有來到這裡的人都做著同樣的夢。只是，這地方就像一個看不見的巨大溫室，在裡面你會慢慢喪失力氣，頻發高燒——不管吃多少奎寧，你都會發燒——它深入你的骨髓，讓你變得像水母一樣懶散、柔軟，走路一顛一跛。不知怎的，作為一個歐洲人，當你獨自離開大城市，來到這樣一片被詛咒的泥沼時，你便與自己的本性隔絕了：每個人遲早都會喪失自己的本我，有的人喝酒，有的人抽鴉片，有的人打架鬥毆，淪為野獸——每個人都會慢慢丟掉自己的理智。你會開始想念歐洲，想念它的大街小巷，想和白人一起坐在明亮的石砌房子裡頭，年復一年，你想要實現這個願望，然而真的到了放假的時候，你又懶得回去了。你知道，歐洲已經把你遺忘了，你成了一個陌生人，一個誰都可以過來踩一腳的海貝。於是，你繼續在這片炎熱潮溼的叢林裡墮落。

我將永遠詛咒自己因為錢而來到這個骯髒土窩的那一天……

「順便一提，我來到這裡也並非完全出於自願。我以前在德國上大學，後來成了醫生，在萊比錫的一家診所裡工作，醫術甚至頗為眾人稱道。當年，我是第一個把某種新型注射藥劑投入臨床使用的醫師，這件事曾引起了不小轟動，在某一早已被人遺忘的醫學年刊裡還有過記載。然後出現了一個女人，我在醫院裡第一次與她相識。她當時激怒了她的情人，那人用左輪手槍把她打傷了，她因此進了醫院。然而不久之後，我自己的精神狀態也變得幾乎和她情人一樣瘋。這個女人非常倨傲，又冷酷，令我抓狂——我一直以來都對那些專橫無恥的女人言聽計從，這個女人幾乎是把我握在了掌心裡，完全把我控制了。我做了她要我做的事，我——好吧，為什麼要隱瞞呢，反正已經是八年前的事了——我聽她的話，挪用了診所的公款，事情敗露之後，引起了軒然大波。我的一位叔叔好不容易讓我全身而退，可是再做醫生是完全不可能了。正在那時，我聽說荷蘭政府正在為殖民地招募醫生，並可以預支一筆酬勞。我當時就想，一上任就有薪水，這工作肯定是份乾淨的差事。我當然也知道，在這些四處有人發高燒的熱帶種植園裡，人死得比我們那邊快兩倍，可是人年輕的時候總有一種僥倖心理，覺得什麼發燒呀、病死呀，都是別人的事。

「我當時也沒有別的路可走，就去了鹿特丹，簽了十年的工作合約，馬上得到了一筆可觀的酬勞，一半寄回家給叔叔，另一半在港口被一個女人統統騙走了，只因為她長得像我之前那個女病人、那個該死的小妖精。我身無分文，連手錶都沒有，就這樣毫無懸念地從歐洲出發，船駛出港口時並沒有特別難過。後來，我像您和其他旅客那樣，坐在甲板上，仰望南十字星和成片的棕櫚樹，心胸豁然開朗——啊，這裡有森林、孤獨、靜謐，而我有夢！後來我可謂飽嘗了孤獨之苦。他們沒把我安排在巴達維亞[2]或泗水那些人來人往，到處是俱樂部、高爾夫球場、書店和報刊亭的城市，而是把我發配到了一個下轄區——它叫什麼名字已經無關緊要了——那裡離最近的城鎮都有整整兩天的路程。我的夥伴就是幾個百無聊賴、面黃肌瘦的官員，還有幾個歐亞混血的朋友。四面八方只有森林、種植園、灌木叢和沼澤。

「一開始還是可以忍受的，我專心做我的研究。有一次，地方副總督來考察時撞翻了車，傷了一條腿，我在沒有助手的情況下進行了一場手術，後來大家一直對此津津樂道。我從當地人那裡收集毒藥和武器，還不斷地找點小事做，讓自己保持清醒。但所有這一切只有在來自歐洲的力量仍然在我身上發揮作用時才有可能，之後不久，我整個人就枯竭了。

2 巴達維亞：指印尼首都雅加達。一五九六年，荷蘭侵占了印尼，於一六二一年把雅加達改為荷蘭名字「巴達維亞」，直到一九四二年才恢復「雅加達」的名稱。

那幾個歐洲人讓我覺得無聊，我不再和他們來往，整天喝酒，做白日夢，自言自語。只剩下兩年了，然後我就可以領退休金，可以回到歐洲，開始新生活。其實我要做的無非就是等，靜靜地坐在那裡等。所以，如果不是她……如果那件事沒有發生，我今天還會在自己那個崗位上。」

三

黑暗中，他說話的聲音戛然而止。菸斗的火光也熄滅了。太安靜了，我突然聽到浪花撞擊在輪船龍骨上的聲音，還有蒸汽機遙遠而沉悶的心跳聲。我本想點一支菸，但又害怕火柴的刺眼和他臉上的反光。他一言不發。我不知道他是不是已經講完了，在打瞌睡，或是已經睡著了，因為現在是死一般的寂靜。然後，船上的鐘重重地敲了一下：一點了。他站起身來，我又聽到玻璃瓶碰撞的聲音。顯然，這隻手摸索著想要拿一瓶威士忌。他輕輕地喝了一口——然後突然又講述起來，不過現在聲音聽起來更緊張、更激動。

「嗯，沒錯……您等等……沒錯，事情就是這樣。我當時正待在我那該死的巢穴裡，彷彿趴在蜘蛛網上，一動不動地待了好幾個月。雨季剛過，雨水一星期又一星期地濺落在屋頂上，沒人來診所，一個歐洲人也沒有。每天我只能坐在那裡，望著屋裡的本地女人，喝著我的上好威士忌。我當時的心情可謂『**低落**』[3]，對與歐洲有關的事無比思念，只要在一本小說裡讀到歐洲那明亮的大街和白種女人，我的手指就會開始顫抖。我無法向您解釋這一狀態，它就像一種熱帶病，一種令人憤怒的、高燒一樣的、讓人渾身無力的思鄉病，總是不經意間就會襲來。我偶爾會定定地看著桌子上的一張地圖，想像著各種各樣的旅行。這時響起了一陣激烈的敲門聲，門外站著一個侍童和一個女傭，他們的眼睛驚愕地大睜著。他們對我做著一些誇張的手勢：有位女士在等我，一位淑女、一位白種女人。

「我站起身來。我沒有聽到汽車開來的聲音。在這片叢林裡有個白種女人？

「我本想走下樓去，不過下樓之前還是退回來對著鏡子看了一眼，整理一下自己的儀表。我很緊張，心裡煩躁不安，有種不好的預感。我不知道，在這個世界上，還有誰會出於友誼來找我。最後，我下了樓。

「那位女士正在前廳等候，此刻匆匆地向我走來。厚厚的乘車用面紗遮住了她的臉。我想跟她打聲招呼，但她先我一步開了口，『您好，醫生，』她用流利的英語對我說（似乎有點太流利了，好像之前練好了似的），『原諒我突然來訪。我是從車站那邊過來的，

3 原文為英文。

我們的車還停在那裡。』——我的腦海中突然閃過一個念頭，她為什麼不直接把車子開到診所前面呢？『然後我想起來，您好像就住在這裡。我以前聽過很多關於您的事，之前就是您治好了副總督，那簡直是魔法，他受傷的腿已經完全康復，現在又能像以前一樣去打高爾夫了。啊，沒錯！我們那邊人人都在談論這件事，要是您能去我們那邊，我們願意把我們所有那些臭脾氣的外科醫生，再加兩個別處找來的醫生，都送到貴診所來交換。為什麼大家很少看到您下樓來呢？您好像過著苦修士那樣的生活……』

「她就這樣越來越急躁地胡言亂語，不讓我說一句話。在這種喋喋不休中有某種心不在焉和神經質，這讓我感到不安。為什麼她要說這麼多，我自問，為什麼不自我介紹一下，為什麼不摘下面紗？她發燒了嗎？她生病了嗎？她是不是瘋子？我越來越緊張，因為我覺得，任由她這樣嘰哩呱啦地一通胡說，自己卻一言不發，真的太荒唐了。最後她總算停了下來，我請她上樓去。她對侍童做了個手勢，示意他在下面等著，然後趕在我前面上了樓。

「『您這裡環境真好，』她邊說邊環顧我的房間，『啊，好漂亮的書哦！我想把這些書都讀一遍！』她走近我的書架，打量著上面的標題。這是我們見面以來她第一次有一分鐘之久沒開口說話。

「『您想用點茶嗎？』我問。

「她沒有轉身，還是站在那裡看著書名。『不用了，謝謝您，醫生……我們馬上就得走了……我時間不多……今天只是短暫拜訪您一下……哦，您還讀福婁拜，他是我的摯愛……太棒了，太棒了……這是他的《情感教育》……您還會法語……您真的無所不能吶！……是的，您是德國人，德國人在學校裡就把所有的東西都學了……會說這麼多門語言真的很棒！……副總督總是信誓旦旦地說，您是唯一給他開過刀的人……我們那邊的外科醫生什麼也不會，只會打牌……順便一說，您知道……（她此時依然沒有轉過身來）……今天我突然想來諮詢您一件事……因為剛好經過您的診所，我就過來了……不過，您現在一定很忙……我希望改天找個時間再來。』

「『快點亮出你的牌吧！』我心想。可是臉上沒有透露任何想法，只是向她保證，無論今天還是以後什麼時候，只要她想過來，我都很榮幸為她效勞。

「『也不是什麼大事，』她一邊說，一邊半轉著身子，同時翻閱著她從書架上取出的一本書，『沒什麼大不了的……只是件小事……女人經常遇到的事……頭暈眼花之類的。今天早上，車子在拐彎的時候，我突然暈倒了，**僵死過去**[4]……侍童不得不把我扶起來，給我拿了點水……好吧，也許是因為司機開得太快了……您覺得是這樣嗎，醫生？』

4 原文為法文。

「『我不能那樣輕易下判斷。您經常這樣暈倒嗎？』

「『不……只是最近……最近……就這幾天開始的……我覺得頭暈，噁心。』

「她重新站在書櫃前，把書放進去，又拿出一本，翻著書頁。奇怪，她為什麼總是這麼……這麼緊張地翻著書呢，她為什麼不從面紗下抬頭看我一眼？我故意一言不發。我就想讓她等下去。最終，她總算再次開口說話了，還是那樣漫不經心，絮絮叨叨。

「『是吧，醫生，這不是什麼嚴重的病，對嗎？不是什麼熱帶病……沒有什麼危險吧……』

「『我先看看您有沒有發燒。能讓我測一下您的脈搏嗎……』

「我走向她。她輕輕地退到一旁。

「『不，不，我沒發燒……當然沒有，我當然沒有發燒……自從……自從第一次暈倒以來，我每天都有量體溫。我從不發燒，體溫計顯示的一直是攝氏三十六點四度，什麼事也沒有。我的腸胃也很健康。』

「我猶豫了一下。一直以來我都心存疑慮：這個女人對我有所企圖，她跑到深山裡來不可能就為了與我探討福婁拜。我讓她等上一兩分鐘，然後直截了當地問道：『不好意思，能問您幾個問題嗎？』

「『當然可以，醫生！您可是醫生，』她回答說。但話一說完，就馬上又背著我翻弄手中的書了。

「『您有過孩子嗎？』

「『有過，一個兒子。』

「『那您……之前有沒有……我是說您懷上您兒子那個時候……有沒有過類似的情況？』

「『有。』

「她的聲音突然一下子變了。變得那麼清晰、堅定，之前說話時的冒冒失失和緊張兮兮一掃而空。

「『那您有沒有可能……原諒我向您提這個問題……現在處於類似的情況？』

「『有。』

「她說出這個詞，就像扔下一把鋒利的刀子。她轉到一邊的頭沒有絲毫觸動。

「『女士，我們現在最好做個全身檢查……我可以請您……請您到另一個房間去嗎？』

「突然，她轉過身來。透過面紗，我感到一道冰冷而堅定的目光直視著我。

「『不用了……沒有那個必要……我知道自己是什麼情況。』」

三

男子的聲音遲疑了。裝滿酒的玻璃杯在黑暗裡閃爍了一下。

「您聽我說……不過在那之前請您全盤設想一下這樣一個場景。一個男人，他在這樣的孤獨中目睹自己年華逝去。這時突然有一個女人，一位白人女性，打破了他多年來的獨處，走進了他的房間……我當時突然察覺到，房間裡有什麼不好的東西，潛伏著危險。不知怎的，我渾身戰慄，被眼前這個女人那鋼鐵般的決心嚇到了。她進來的時候說話還那麼笨拙，後來卻突然像拔出刀子一樣亮出她的要求。我明白她想從我這裡得到什麼，我馬上就明白了——這不是女人第一次要求我做這樣的事，可是之前那些女人的態度是完全不同的，她們要嘛羞愧難當，要嘛連連哀求，要嘛大哭大鬧，要嘛怨天尤人……可是這個女人她有一種……沒錯，一種鐵一般的、幾乎是男子一般的意志……從第一秒開始我就意識到這個女人比我強大……她可以隨心所欲地強迫我服從她的意志……可是，可是……我心裡也有惡劣的想法……一種男性的拒不服從、一種暴怒……我已經說過了……從一開始，甚至在我見到這個女人之前，我就感到她是我的敵人。

「我剛開始的時候一聲不吭，那是一種頑強又痛苦的沉默。我覺得，她正透過面紗注視著我……她的目光很直接，充滿了挑釁，她在逼我開口說話，然而……我選擇了回避……

沒錯，我不知不覺地模仿了她那笨拙又冷漠的態度。我假裝沒聽懂她的意思，因為——不知道您是不是能理解這一點——我想逼她在我面前坦白，我不想自投羅網，而是想……讓她哀求……尤其是她，因為她一開始的態度是那麼霸道……而且我知道，我絕不可以屈服於一個女人那蠻橫而冷酷的態度。

「於是我顧左右而言他，說這事沒有什麼大不了的，這類暈厥大家司空見慣；它不僅對身體沒有危害，恰恰相反，它幾乎還有益健康呢！我引用醫學報刊上的一些病例……我說啊說，心不在焉，輕描淡寫，故意把這件事描述得像是家常便飯，我其實……其實一直在等，等她打斷我。因為我知道，她的忍耐馬上就要到極限了。

「這時她猛地打斷了我，單手一揮，彷彿要抹去我剛才所有安撫的話術。

「『不是這樣的，醫生，這病讓我不得安寧。當初我懷我的兒子時，身體要比現在好得多……但現在不是……我心臟有問題……』

「『哦，心臟有問題嗎？』我重複道，裝作很不安的樣子，『那我幫您檢查一下。』我做了一個動作，好像要起身去拿聽診器。

「但她阻止了我。她現在的聲音非常尖銳、堅定，彷彿在指揮部對我發號施令。

「『我有心臟病，醫生，請您務必相信這一點。我不想浪費時間去診斷——我希望您能對我說的話多一點信任。畢竟，我這邊已經給了您足夠的信任。』

「她宣戰了，這是一次公開的挑戰。我接受了。

「『敞開心扉，毫無保留地敞開，這是信任的一部分。請您說話不要遮遮掩掩，我是您的醫生。首先，請摘掉您的面紗，坐下來，不要再談什麼書，不要拐彎抹角。沒有人會戴著面紗去看醫生。』

「她看了我一眼，眼神直接、倨傲。她猶豫了一下。然後才坐下來，把面紗拉高。我眼前的面孔和我之前心驚膽戰地料想的一模一樣，那是一張看不透的、非常堅毅、又克制的臉，有一種不受年紀限制的美。上面有一雙英國人的灰色眼睛，散發著沉靜的光，後面卻隱藏著人類所能夢想到的所有激情。嘴唇很薄，抿得緊緊的，不情願的時候絕不透露任何祕密。我們互相凝視了一分鐘，她注視我的目光既充滿了疑惑，又傳達著要求，有一種鋼鐵一樣的冷酷和殘忍，以至於我最後忍受不了了，不自覺地把頭轉了過去。

「她用指關節輕輕地敲著桌子。所以說，她的心裡也有些緊張。就在這時，她突然急切地對我說：『醫生，您很清楚我要您做什麼，對嗎？還是您真的不知道？』

「『我想，我是知道的。不過還是把話說明白比較好。您想讓我幫您擺脫您現在的狀態……您不想再頭暈噁心下去了，於是要我把這病症的根本原因給除掉，是嗎？』

「『是。』

「這個詞就像斷頭臺上的斧子一樣抽搐著。

「『這樣做很危險……對雙方來說都是……您清楚這一點嗎？』

「『很清楚。』

「『這樣做是違法的，這您也清楚嗎？』

「『可是在某些特殊情況下，這樣做非但不違法，反而是必須的。』

「『然而這樣的特殊情況需要醫生的證明。』

「『您會替我找到證明的。因為您就是醫生。』

「她目不轉睛地看著我，眼神堅決而凝滯。這是一個命令，她的意志像惡魔一樣統治著我，我這懦夫已經開始對此感到迷狂，全身顫抖個不停。但我還是做了最後的抵抗，因為我不想表現出自己已經慘遭踐踏的樣子。『冷靜下來！刁難她！讓她來求你！』我心中閃過一絲欲望的火光。

「『這樣做並不總是符合醫師的意願。不過，我願意和醫院裡的同事商量一……』

「『我不在乎您的什麼同事……我來找的人是您。』

「『可以問問為什麼嗎？』

「她冷冷地看著我。

「『這我可以坦白地告訴您。我來找您，是因為您住在這麼偏僻的地方，而且不認識我……因為您醫術高明，還因為……』她說話的時候第一次猶豫了一下——『您可能不會在這裡待太久，尤其是，如果您……如果您能多賺點外快回家的話。』

「我頓時感到毛骨悚然。這麼厚顏無恥的解釋，這種商人一樣清晰的盤算使我目瞪口呆。一直到現在，她還沒有開口求過我任何事——她已經計算好了一切，之前就打探過我的情況，為了現在一擊即中。我感到她那惡魔般的意志貫穿了我的身體，我憤怒地動用一切力量來抵抗。我努力保持不動聲色——還盡可能地讓自己說話的語氣帶一點點嘲諷。

「『您……您願意給我這筆外快嗎？』

「『只要您肯幫我，就能在這件事之後馬上離開這個國家。多少都行。』

「『您知道這樣會讓我損失多少退休金嗎？』

「『我會賠償您的。』

「『您說得很明白……不過我還想更明白一點。您開價多少？』

「『一萬兩千荷蘭盾，在阿姆斯特丹可用支票支付。』

「我……顫抖著……因為憤怒而顫抖……是的，也因為佩服而顫抖。她算好了一切，逼我離開要花多少錢、怎麼付；她在不認識我的情況下評估，並收買了我，先斬後奏。我很想給她一個耳光……可是當我顫抖著站起身時，她也一起站了起來……眼睛一動不動地注視著我……見到她那緊緊地抿著、不肯求人的嘴，那傲慢的拒絕低下的額頭，我一下子就被征服了……她身上有一種……狂暴的貪婪。她一定感受到了什麼，因為此刻她挑了挑眉，好像要打發什麼閒雜人等，我們之間的恨意已經昭然若揭。我知道，她恨我是因為不得不求助於我，而我恨她是因為……因為她不想求我。在這一秒的沉默裡，我們第一次向對方坦白了自己。這時，突然有一個想法像爬行動物一樣撕咬著我，我對她說……對她說……

「可是等一下，您會誤解我接下來要做的事……所說的話……在那之前我必須向您解釋一下，為什麼我會有這個瘋狂的想法……」

三

酒瓶在黑暗中再次輕輕地叮噹作響。他說話的聲音越來越激動。

「我不是在請求原諒，也不是為自己辯護或者洗白……您可能沒法理解我的心情……我不知道自己曾經是不是個好人，但是……我覺得，我總是樂於對別人伸出援手……在那個地方骯髒不堪的生活裡，這是我唯一的快樂。憑著自己腦海裡的一小撮科學知識，無論在什麼樣的生活中我都可以保持呼吸……這是一種至高而神聖的喜悅……真的，這是我最幸福的時刻……一個黃種年輕人來找我，嚇得面色煞白，拖著被蛇咬傷的腫脹的腿，哀號著求別人不要切斷他的腿，而我救了他。一位女士發著高燒，我開了幾個小時的車去為她看病——即便是眼前這個女人要我做的事，我在歐洲的時候就做過很多次。然而，那時你至少覺得，這個人需要你，你知道你正在拯救某人，把他從死亡或者絕望中解脫出來——為了能幫助別人，你要感到自己是被對方需要的。

「但是這個女人——我不知道能不能形容清楚——她讓我興奮，在她裝作閒庭信步一般走進屋裡來，對我趾高氣揚、不肯低頭的那一刻起，她就深深地刺激了我——我該怎麼說呢……她激起了我內心所有被壓抑的、被藏匿起來的惡念，逼它們起來反抗。她在我面前扮淑女，像談生意一樣冷漠地和我談論生死，這讓我瘋狂……然後……然後……你知道，要懷孕，不是打打高爾夫就行了……我知道……這意味著，我突然在和一個——這就是我當時的想法——我清楚地意識到我在和這樣一個女人打交道，她表面上冷若冰霜，高傲不已，面對我反抗和拒絕的目光，只是冷酷地抬了抬那雙鐵一樣的眼睛上方的眉毛；然而，在兩三個月之前，她正和一個男人在床上火熱地交媾，像野獸那樣一絲不掛，因為快感而大聲呻吟，兩個身體像上下唇一樣緊緊地咬在一起……這就是我當時腦中閃過的燥熱的念頭，她當時正傲慢地看著我，那麼冷漠，那麼不可接近，就像個英國軍官……然後，然後我的心緊繃起來……我擺脫不了要羞辱她的念頭……在這一秒裡，我好像能透過衣服看到她的胴體……在這一秒裡，我只想占有她，讓她張開緊閉的小嘴，大聲呻吟，看看她在欲火焚身的時候還怎麼跟我高冷下去，正如別的男人能做到的那樣，那些我不認識的男人。

「我……我只想跟您解釋……我雖然本性墮落，可是在以前從來沒有利用過醫生的身分幹過這樣的事……這一次我也不是因為性欲或是發情而想占有她……要不然，我會坦白說的……我之所以有這種想法只是為了征服她骨子裡的傲慢……我、一個男人……我要做主……我好像對您說過，高傲又假裝冷淡的女人一向對我很有吸引力……況且，我當時已經與世隔絕七年，沒碰過一個白種女人，於是完全控制不了自己……因為，這裡的黃種小女生，她們像小動物一樣嬌小，像鳥兒一樣只會輕聲細語。每次有白人要幹她們的時候，她們就會把他當作主人一樣崇拜，因為敬畏而渾身顫抖……她們在奴性中沒有一點存在感，因為她們總是敞開自己，時刻準備著面帶微笑為你服務……正是這種卑躬屈膝的態度毀了你的快感……您現在應該能理解，當這個充滿高傲與恨意的、武裝到牙齒的女人突然出現在我面前，閃爍著祕密的火光，散發著往日的激情……當這樣一個女人突然厚顏無恥地來到一個我這樣的男人的籠子裡……一個寂寞、面黃肌瘦、被囚禁起來的人間野獸的籠子裡……這樣的話……我現在跟您講那麼多，只是為了讓您明白接下來發生的事。就這樣……我內心充滿邪惡的欲念，幻想著她赤身裸體地獻身於我，但仍拚命控制著自己的言行，裝作一副無所謂的樣子。我冷冷地說：『一萬兩千荷蘭盾？……不，我不會為了這點錢幫您。』

「她看著我，臉色有些蒼白。她大概已經感覺到，我對她的抗拒，不是為了錢。她問我：『那您想要什麼？』

「我不再假扮那種冷酷的語氣。『我們攤牌吧。我不是生意人……我不是《羅密歐與茱麗葉》裡面那位因為貪財而把毒藥賣出去的可憐藥劑師……或許我恰恰是生意人的對立面……您用錢是賄賂不了我的。』

「『那就是說您不肯幫我？』

「『可以，不過我不想要錢。』

「我們之間沉默了一會兒。在寂靜中，我第一次聽到她的呼吸聲。

「『那您還想要什麼？』

「我再也裝不下去了：『首先，我請您……不要像對雜貨商一樣跟我說話，而是把我當人。然後，如果您要求助於我，那麼請別……請別一上來就拋出您的臭錢……而是好聲好氣地求我……像求人一樣求我，您是人，我也是……我除了行醫還有別的事要做，我不是只有辦公時間……我還有別的事……或許您恰恰是在我不辦公的時間找上了門……』

「她沉默了片刻。然後她的嘴角顫抖著微微上揚，突然急切地問道：『所以如果我求您……您會答應嗎？』

「『您又在和我討價還價了——只有在我答應您的前提下，您才願意求我。您應該先求我——然後我再回答您。』

「她像匹被人激怒的馬那樣高仰著頭。她的目光裡充滿了怒火。

「『不——我是不會求您的。死也不求！』

「這時憤怒攫住了我，血紅的、毫無意義的憤怒。

「『既然您不想求我，那我只能開出我的條件。我覺得沒必要挑明了說——您很清楚我想從您那裡得到什麼。滿足這個條件之後——我才會幫您。』

「她盯著我看了一會兒。然後——哦，我描述不出來那是多麼可怕的一幕——她的五官收緊了，接著……接著她哈哈大笑起來……她的笑聲帶著無法言喻的蔑視，潑在我臉上……一種把我整個撕裂的蔑視……但同時又讓我心醉神迷的蔑視……這輕蔑的笑就像爆炸一樣突然，騰躍而起，衝擊力是那麼巨大，以至於我……我巴不得馬上跪在她面前，親吻她的雙腳。這種感覺就持續了一秒……它像閃電一樣點燃了我的整個身體……最後，她轉過身，匆匆往大門走去。

「我不由自主地想要追上她……向她道歉……求她原諒……可是我的力氣一下子不知所終……這時她又朝我轉過身，說道……不，命令道：『您別斗膽跟蹤我或者打聽我的事……否則，您會後悔的。』

「門在她身後砰的一聲關上了。」

三

又是一陣猶豫。又是一陣沉默……又是那嘩嘩作響的聲音，彷彿月光在流淌。然後，他總算再度開口了。

「門砰的一聲關上了……但我站在那裡，一動不動……我被她下的命令催眠了……我聽見她走下樓梯，關上大門……我聽見了一切，我的全身心都追逐著她……她……我不知道自己想做什麼……想叫她回來，想揍她，還是想勒死她……只要能追上她就行……追上她……但我做不到。我的四肢像觸電一樣癱瘓了……我剛剛被擊中了，她眼裡那霸道的閃光穿透了我的骨髓……我知道這無法解釋，也無法講述……聽起來可能很荒謬，但我當時就只能站著，站著……幾分鐘後，也許是五分鐘，也許是十分鐘，我才能把腳從地上抬起來……

「然而我一抬起腳，身體就狂躁起來，控制不住地向前飛奔而去……我一秒跨下樓梯……她肯定是沿著大道走了，只有從那裡才能開到民用車站……我衝向棚子，想取自行車，發現忘了帶鑰匙，於是猛地扯開竹編的棚門，好些竹子都被我扯斷了……我跳上車，往她的方向飛奔……我必須……必須在她坐上自己的車之前趕上她……我必須要和她說清楚……

「路上塵土飛揚……直到現在我才意識到我剛剛在樓上呆呆地站了多久……因為……在車站前的森林彎道上，我看到她在匆匆趕路，步伐筆直而僵硬，侍童陪在她身邊……不過她肯定也看到了我，因為她現在正在和男孩說話，叫他留下來，自己一個人繼續往前走……她想做什麼？她為什麼自己一個人走了？……她想在他不在場的情況下跟我說話嗎？……在一陣盲目的怒火的驅使下，我瘋狂地踩著自行車的踏板……這時有什麼東西從一旁橫過馬路朝我衝來……是那個侍童……我猛地剎車，車子吱呀一聲倒向路的一側……

「我從車上站起身咒罵……不由自主地舉起拳頭，想給這個蠢貨一拳，但他跳到了一邊……我搖搖晃晃地扶起自行車，想再次騎上去……但那個惡棍突然朝我衝來，一把抓住了自行車，用他那貧瘠的英語對我說：『您待在這裡。』

「您沒在熱帶生活過……您不知道這樣一個混蛋抓住一個白人『紳士』並命令對方不要動的時候，臉上是什麼表情。我沒有回答，而是一拳打在他的臉上……他踉蹌了一下，可是手緊緊握著車把不放……他那戰戰兢兢的小眼睛因為恐懼而睜大……但他緊緊握住了自行車的車把……『您待在這裡。』他又結結巴巴地說道。幸運的是，我身上沒帶槍，不然早就開槍打死他了。『滾開，賤民！』我吼道。他盯著我，蹲下身子，可是手依舊沒放開。我又打他的頭，他還是不鬆手。然後憤怒攫住了我……我看到她已經走遠了，可能已經上車離開了……於是我狠狠地用拳頭給他下巴來了一記痛擊，把他打得暈頭轉向。我搶回了自行車……可是當我跳上車時，發現車子動不了……剛才猛烈的爭搶把車子的輪輻折彎了……我試圖用手把它掰直，雙手火辣辣的……可是沒用……我只好扶著自行車走向那個倒在路邊的混蛋，他流著血站起身來，退到一旁……然後……不，您根本無法想像這在大家眼裡是多麼可笑，當一個歐洲人和這樣一個……好吧，我已經不知道我在做什麼了……我的心裡只有一個想法，那就是跟上她，找到她……於是我像瘋子一樣沿著鄉間小路奔跑，路過那些黃種人住的小棚屋，他們一臉詫異地看著我，一個白人、一位醫生，正在拚命往前奔跑。

「我滿頭大汗地到了車站……第一個問題是：車在哪裡？……剛開走……大家驚訝地看著我，我趕到車站的時候渾身溼透，蓬頭垢面，在他們看來肯定像個瘋子，還沒站穩，我就大聲喊著車在哪裡，車在哪裡……我在下面的街上看到了一輛小轎車冒出的白煙……是她，她跑掉了……她一切強硬又殘酷的算計都成功了，這次也不例外。

「然而逃跑是沒有用的。居住在熱帶的歐洲人之間沒有祕密可言……每個人都認識另一個，所有的小事都是新聞……她的司機在車站旁政府的平房裡等了她一小時不是沒有理由的……我很快就知道了一切……知道了她到底是什麼人……知道她住在城裡，來這裡要坐八小時火車……知道了她是一個大商賈的夫人，十分富裕，身處上流社會，是一位來自英格蘭的淑女……我知道了，她的丈夫這五個月都在美國，不久就要回來了，為了接她回歐洲……

「可是，她——這個想法像毒素一樣在我的血液中流淌——她再過兩個月，最多三個月，就會大變樣了……」

三

「到目前為止，我還能為您把所有事情解釋清楚……或許是因為這時我還明白自己的狀況……作為醫生，我總是會診斷自己的精神狀態。然而從那天開始，我的內心就好像發起了高燒……我開始失控……也就是說，我清楚地知道自己所做的一切都是徒勞，卻無法再控制自己的言行……我不再瞭解自己……我好像著魔似的一路追逐某個目標……可是等等，我或許……或許能讓您明白我的狀況……您知道什麼是『阿莫克』[5]嗎？」

「阿莫克？……我想我記得……馬來人之間常見的一種狀態，像喝醉了酒那樣……」

5 阿莫克：源自馬來語「阿穆克」（amuk，意為憤怒、暴怒），在德語中指一種盲目的、不受自己控制的憤怒或激動的狀態。〈馬來狂人〉一篇的篇名即為Der Amokläufer，一般指的是持凶器濫殺的人，此前也有譯者根據主角在小說中對其所進行的神祕化的描述，把本篇譯為〈熱帶癲狂症患者〉。

「這不僅僅是醉酒……而是瘋狂，是暴怒，就像得了狂犬病……任何其他酒精中毒都無法與之相比，一種毫無意義的偏執……我在停留期間自己研究了幾個案例——研究其他案例的時候我們總是非常聰明，非常務實——可是這個疾病的起源，就像一個永遠無法解開的駭人祕密……不知何故，這種發作與氣候有關，這裡潮溼、高密度的大氣就像雷暴來臨前一樣壓迫著人的神經，直到透過電閃雷鳴爆發出來方才甘休……阿莫克……對，阿莫克，它是這樣發作的：一個平時非常單純善良的馬來人，兀自喝著啤酒……他坐在那裡，百無聊賴、面無表情、無欲無求……就像我坐在房間裡那樣……突然，他一下子跳起來，抓起一把匕首便衝到大街上……他跑啊跑……不知道自己究竟要去哪裡……擋住他的東西，無論是人還是動物，他都用自己手中的蛇形匕首去刺、去殺，飛濺的血液只會讓他更加癲狂……他像瘋子一樣嚎叫，口吐白沫……他跑啊跑，一直跑，從不左顧右盼，只是一邊尖叫一邊奔跑，手中那沾滿鮮血的匕首像直線一樣劃開空氣……村裡的人都知道，沒有任何力量能阻止他……於是一見到他衝過來，馬上大聲警告道：『阿莫克！阿莫克！』眾人四散而逃……他繼續瘋狂奔跑，不聽不看，只是一味刺穿擋他路的東西……直到最後像瘋狗一樣被槍殺，或者口吐白沫倒地身死……

「我曾經從我住的平房的窗戶看到過一次……太可怕了……正因為我親眼見過它，我才瞭解當時自己是怎樣一種狀態……因為我當時就是這樣，雙眼直視前方，好像著魔一樣衝了出去，完全沒有左顧右盼……追著這個女人……我不知道自己是怎麼做到的，居然能做到如此瘋狂地狂奔，以如此不合常理的速度飛奔……十分鐘，不，五分鐘，不，兩分鐘之後……當我瞭解了這個女人的全部訊息，知道她的名字和住址還有她的命運之後，便馬上租了一輛自行車，飛快地奔回了住處，隨便往手提箱裡扔了一件外套、塞了點錢便往火車站衝去……我還沒向上面請假……也沒指定誰來代我的班，甚至連房門都沒關，東西也沒收拾……我身邊的僕人和女傭都嚇得目瞪口呆，我沒說一句話，連頭都沒有回……我到了火車站之後馬上坐上去城裡的火車……就在這個女人走進我的房間一小時後，我已經徹底拋棄了自己的存在，瘋狂地衝進了虛空……

「我不要命地一直往前跑……晚上六點終於進了城……六點十分已經到了她家，讓人通報我的來訪……這真的是我做過最愚蠢、最笨拙的事情，我居然報了自己的名字……可是要知道，一個狂人，他只懂得盲目地向前奔跑，並不知道要去哪裡……幾分鐘後，傭人回來了……果然，他禮貌又冷酷地對我說……夫人現在身體欠安，無法接待……

「我跌跌撞撞地走出門……我在屋子周邊躡手躡腳地走了一個小時，瘋狂地希望她此時可能正在尋找我……然後我在海濱旅館裡要了一個房間，買了兩瓶威士忌……我服用了雙倍劑量的佛羅那[6]……這才睡著了……那彷彿身陷沼澤的沉沉睡眠是這場生死競賽中唯一的休息時間。」

三

船上的鐘重重地敲了兩下，幾乎靜止不動的空氣就像一潭溫柔的池水。鐘聲在其中持續震顫，悠悠不止，繼而化成輕微的嘩嘩聲，在輪船的龍骨下、在他那激烈講述的間隙中共振。坐在我對面陰影裡的這個人肯定是被鐘聲嚇了一跳，突然頓住不說了。然後我又聽見他的手向酒瓶摸索的聲音，以及輕輕的吞咽聲。然後，他好像平靜了一點，用比先前更為堅定的聲音繼續講述他的故事。

「我很難向您講述這一刻之後所發生的事。直到今天我都相信，我當時正在發燒，無論如何都處在一種近乎瘋狂的過激狀態裡——一個狂人，正如我之前對您說的那樣。不過請您不要忘記，我到達城裡的時候已經是週二夜裡，而她的丈夫——我在此期間打聽清楚了——週六就要從橫濱乘坐P.&O.郵輪回來，所以只有三天時間，只有三天時間可以做決定、可以幫她。您明白嗎？我很清楚自己必須伸出援手，可是現在又無法和她說到話。一種要為我之前荒唐而瘋狂的行為懇求原諒的心情迫使我繼續向前。我知道每一刻都是寶貴的，我知道這對她來說是生死攸關的事情，但我現在偏偏無法靠近她，哪怕只是傳遞一聲耳語、一個手勢。我之前表現得太急進、太愚蠢，居然還跑去追她，恰恰是這種態度把她給嚇壞了。那種情況就像是……沒錯，您等等……就像是……你一邊追著一個人一邊警告他說小心凶手，但對方以為你就是凶手，所以他繼續往前跑，奔向毀滅……她眼中的我只是一個狂人，一個為了繼續羞辱她而追上來的人，但我……儘管這聽起來很可怕很荒唐……我完全沒想過要羞辱她……恰恰相反，我已經被毀掉了，現在只想幫她，只想對她俯首稱臣……只要能幫上她，哪怕要我殺人、要我犯罪，都可以……但她，她不明白。

「第二天早上，我一醒來就馬上跑去她家，那個侍童正站在門前，就是臉上被我打了一拳的那個男孩。當他遠遠地看到我時——他一定在等我——便溜進了門。也許他是為了偷偷向她通告我來的事……也許他……啊，這種不確定性，它現在是何等的折磨啊……也許一切都準備好了，就為迎接我的來訪……但是我每次在門口看見那個侍童，就想起自己的罪過，便打了退堂鼓……我的膝蓋都在顫抖。我就這樣在門檻前轉身離開了……偏偏在她等待我的時候走了，而她或許正經受著相似的痛苦，還一直在等我。

「我那時已經不知道在這個像火一樣灼燒著腳後跟的城市裡還能做點什麼……我突然想到了什麼，於是叫了一輛車，去往副總督家，也就是我之前救過一命的那個人……我讓僕人通告我的來訪……我見他的時候外表肯定有些奇怪，因為他看著我的眼神滿是震驚，

6 佛羅那：一種常用的安眠藥。

他的禮貌中有種忐忑不安……也許他看出了我是個狂人。

「我一坐下來就馬上跟他說，我想調到城裡，以前那個職位再也沒法待了……我必須換個地方……他注視著我……我沒法跟您描述他看我的眼神……就像醫生看病人的那種眼神……『親愛的醫生，您說您精神衰弱這回事，我太理解了，』他說，『嗯，要恢復過來其實並不難；不過您還要再等等……等個四週左右……我得先找個人接您的位子。』『我等不及了，一天都不行。』我回答道。他那詭異的眼神又出現了，『不行也得行，醫生，』他嚴肅地對我說，『那個駐地不能沒有醫生。不過我向您保證，今天就開始安排您調職的事。』我站著一動不動，咬緊了牙關，我第一次清楚地意識到自己是被買來的，是一個奴隸。本來我已經聚集起一切力量準備反抗了，可是副總督這人很圓滑，他先我一步開了口：『醫生，您太久沒和別的人接觸了，這樣下去會慢慢得病的。我們很驚訝您一次都沒來過城裡，也不休假。您需要多點社交、多點刺激。起碼，請您今晚來參加我們政府的招待會吧。整個殖民地的人都來了，其中很多早就聽過您的大名，常常問起您，想和您認識，並邀請您來這裡。』

「最後一句話讓我一驚。常常問起我？是她嗎？我突然像換了個人一樣，立刻禮貌地感謝了他的邀請，表示自己一定準時出席。我也的確來得很準時，太準時了。我要告訴您，因為內心焦躁不安，那天晚上我是第一個走進政府大樓大廳的人。我一言不發，身邊圍繞著一群僕人，他們光著腳在大廳裡四處走動，而且——我那混亂不堪的意識感覺到——偷偷地在背後取笑我。在那一刻鐘裡，招待會的準備工作在無聲無息地進行著，而我是到場的唯一一個歐洲人，煢煢孑立，耳朵都能聽到背心口袋裡懷錶的滴答作響了。之後終於來了幾位政府官員和他們的親屬，最後殖民地的總督也來了，他和我聊了很久，我相信我一直在認真又機巧地應酬，直到……直到一陣神祕的緊張感抓住了我，我突然失去了所有圓滑，變得結結巴巴起來。儘管我是背對著大廳的門，但還是感覺到她進來了，她到場了。我無法向您解釋，為什麼我會突然這麼確定，但我在和總督說話時，儘管耳朵裡還是他的聲音，心裡卻已經感覺到她就站在我身後的某個地方。

「所幸的是，總督很快就結束了談話——我擔心，要是他繼續下去，我會忍不住猛地轉過身去，因為後方那拉動我神經的力量是那麼強大，她的存在是多麼熾烈地灼燒著我的渴望。而事實的確如此，我一轉身，就看見了她，她恰好就站在我下意識地覺得她會在的那個位置。她身著一身黃色的舞會禮服，在一群人之中閒聊，纖細光潔的肩膀像消光的象牙一樣發出柔潤的光澤。她雖然在微笑，可是我覺得，她的臉上閃現了一絲緊張的神色。我走近了一點——她裝作沒看見我或者不想看見我——看著那薄薄的嘴唇顫抖著，討好又禮貌地微笑著。這個微笑讓我陶醉，因為它……因為我知道它是假的，是她最擅長的偽裝，是一種藝術或者技藝。可是我腦海裡突然想到，今天是週三，週六她丈夫的船就要來了……

她怎麼還能這樣笑呢？笑得這麼……這麼自信，這麼無憂無慮，還一邊把玩著扇子，而不是在恐懼之中把它捏成一團？我……我、一個陌生人……兩天前的那件事之後，一直在顫抖……我、一個陌生人，生活在她的恐懼之中，用最極端的情感感受到了她的驚恐……而她卻去跳舞了，還一直笑著，笑著，笑著……

「音樂響起，舞會開始了。一位年長的軍官請她跳舞，她離開了聊天的圈子，挽著他的手臂走向另一個大廳，從我身邊經過的時候，她的臉馬上緊繃起來——然而只是一瞬間。她禮貌地向我點了點頭，彷彿在向一個萍水相逢的人致意：『晚安，醫生。』然後便走了過去。沒有人能猜到那灰綠色雙眼的凝視中隱藏著什麼，甚至連我自己也不知道。她為什麼要向我打招呼？……怎麼突然就向我打招呼了？……這是防守、是親近，還是只因看到我在這裡，驚慌又難堪？

「我無法向您描述我是多麼激動地留在了舞會上，我內心的一切都在激盪，在爆炸性地劇烈收縮，我看見她在一個軍官的懷裡翩翩起舞，額頭上閃著冷靜又無憂無慮的光，雖然我知道，她……她和我此時心中都只想著一件事……那件事……那是我們之間共同的可怕祕密……她在跳華爾滋……那幾秒鐘裡，我的恐懼、貪婪、驚歎比以往更劇烈。我不知道有沒有人在看著我，但我確信我暴露了自己，比她對自己的隱藏更誇張……我無法看向另一個方向，我只能……我只能看著她，我吮吸著、撕扯著遠處她那張緊鎖的臉龐，看看面具會不會掉落，哪怕一秒。這凝視一定讓她很不安。最後她牽著舞伴的手回來時，在閃電般的一秒裡瞪了我一眼，像是在冷漠地下命令，給我指示。我看到她的額頭上又布滿了當時那種小小的皺紋，這是她高傲的憤怒標誌。

「但是……但是……我之前跟您說過……我處於一種癲狂的狀態，沒有左顧右盼。我一下子就明白了——她的眼神在告訴我：不要引人注目！克制一點！——我知道，她……該怎麼說才好呢……她希望我在公共場所表現得謹慎一點……

「我明白，只要我現在乖乖回家去，明天肯定能被她接待……只是現在……現在，她不想和我表現得太親密，她——這樣的擔心不無道理——害怕我會不小心暴露了一切……您看……我其實什麼都知道，我理解她臉上那種充滿命令意味的可怕目光，然而……然而我內心的衝動太強烈了，我不得不上前和她說話。於是我搖搖晃晃地走到跟她聊天的那群人身邊，出於好奇而——雖然我只認識在場的一些人——加入她那個寬鬆的圈子，因為我想聽她說話。可是在她的目光之下，我就像一隻被毆打的狗一樣彎腰駝背，她的目光從我身上掠過，卻裝作沒看見我，彷彿我是我靠著的那些麻布簾子，或是在她面前輕輕顫抖的空氣。但我還是站著不肯走，急切地想要她對我說一句話，想要尋求一點心照不宣的信號，我就這樣站著，目光呆滯，在她聊天的那個圈子裡好像一根木頭。我當時肯定非常引人注目，一定的，因為身邊沒人和我說一句話，而她肯定因為我可笑的在場而備受折磨。

「我不知道那樣站了多久……可能是一輩子……我無法擺脫自己的意志那懾人的魔力。正是這種頑固的瘋狂使我麻木……她實在受不了了……突然，她以無比輕盈的身姿轉身對在場的男士說：『我有點累了……今天想早點上床休息……諸位晚安！』……話音剛落，她就冷漠地向我點頭示意，從我身邊走了過去……我看見她緊蹙的眉頭，然後是那白皙、冰冷、赤裸的肩膀。這一秒裡，我才意識到，她已經走了……今晚我再也沒法看見她了，再也不能和她談論，而今晚是我能拯救她的最後一晚……我就這樣像木頭一樣站在那裡，直到我意識到這個結局……然後……然後……

「但是等等……等等……我必須先向您描述整個舞會的房間……否則您不會明白我的所作所為是多麼無意義，多麼愚蠢……這是政府大樓的大廳，寬敞無比，燈火通明，幾乎空無一人……因為賓客去跳舞了，男士去打牌了……只有幾組人還在角落裡聊天……大廳裡空蕩蕩的，一舉一動在耀眼的燈光下特別引人注目……她聳著高高的肩膀，緩慢而輕盈地穿過這個寬闊的大廳，不時以無與倫比的風度回禮……她那嫻靜的姿態是多麼美妙、多麼冰冷、多麼莊嚴，又讓我多麼心醉神迷……我……我一直留在後面，一動不動，我告訴過您，在意識到她要離開的時候我整個人都癱瘓了……然而，當我意識到她就要走了的時候……當我意識到她就在大廳另一邊，馬上要開門離開的時候……我就……哦，直到今天我依舊羞於想起這一幕……我突然跑了過去，您知道嗎，是跑了過去……不是走，而是拔腿奔了過去，我跟在她後面跑過大廳，鞋子在地面踩得咔嗒直響……我聽到了自己的腳步聲，看到所有的眼睛都驚訝地看著我……我差點就要羞恥得倒地身死了……跑上去的時候，我已經意識到了自己的瘋狂……可是我……回不去了……我在門口追上了她……

「她轉過身來……目光像灰色的鋼鐵一樣刺進我的雙眼，她的鼻孔因憤怒而翕動……我正要結結巴巴開口說話……這時……這時……她突然開懷大笑起來……那是一陣清澈、爽朗、無憂無慮的笑聲……聲音大得大廳裡每個人都可以聽到……『啊，醫生，您現在才想起給我兒子開的處方嗎……哎，這些鑽研科學的先生啊……』她在我身旁和藹地笑著……我一下子就明白過來，被她那救場的能力所震驚……我從錢包裡拿出一個本子，從上面撕下空白的一頁，她心不在焉地接了過去……這時，她對著我沉靜而感激地一笑……接著便走了……不到一秒，我的心就如釋重負……我看到她怎樣高明地把我的瘋狂和愚蠢扭轉了過來，拯救了全域……但我同時也意識到，我已經失去了一切，這個女人恨我，因為我那麼急進，那麼愚不可及……她痛恨我……我會一百次一千次地走到她家門前，而她會揮揮手打發我，就像趕走一條狗。

「我搖搖晃晃地穿過大廳……注意到大家還在看著我……我看起來一定很怪異……我去自助餐廳連續喝了三、四杯干邑……為了不倒下去……我的神經再也受不了了，它們被撕裂了……然後我悄悄地從側門走出去，像個罪犯一樣偷偷摸摸的……哪怕送我一片國土我也不願意再穿過那個大廳了，她剛才的笑聲還牢牢地黏在牆壁上……我離開了……我不知道自己那晚去了哪裡……我在幾家酒吧裡買醉……就像一個不願再醒來的人一樣把自己灌醉……只是……我的感官並沒有麻木……她的笑聲還留在我心裡，尖銳、暴戾……那笑聲、那該死的笑聲，我無論如何也壓制不了……我像無頭蒼蠅一樣在碼頭附近亂轉……要不是把手槍忘在了旅館裡，我早就開槍自殺了。我完全無法思考別的事，只帶著這個念頭回了旅館……我的手槍就在左邊的那個抽屜裡面……我腦子裡沒有別的，就只有這個。

「後來我並沒有開槍……我向您發誓，這不是因為軟弱……當然，對我來說，扣下冰冷的扳機一死了之是個解脫的辦法……我該怎麼向您解釋呢……我沒自殺，因為我感到自己還有沒完成的事……對，我還有一個義務要履行，那就是幫她，這該死的義務啊……她可能仍然需要我，這個想法讓我發瘋……我到旅館時已經是星期四清晨，而星期六……我告訴過您……星期六，他的船就會來，這個女人、這個高傲的女人，肯定無法忍受和她的丈夫當面對質，我很清楚……啊，我怎麼會這樣無謂地浪費寶貴的時間呢？就因為我之前太莽撞，阻止了自己及時對她伸出援手……我向您發誓，當時我在房間裡踱來踱去幾個小時，就為了苦思冥想，怎樣才能接近她、補償她、拯救她……我覺得，她肯定不會再允許我出現在她家門前……我的腦海中依舊是她的笑聲，我還記得她的鼻翼憤怒地翕動的樣子……幾個小時，我在自己那寬度不到三公尺的旅館的狹窄房間裡真的來回走了幾個小時……白晝已經降臨，馬上就是上午了……

「這時，我突然一屁股坐在桌前……撕下一頁信紙給她寫信……把所有的事都寫下來……這是一封像狗一樣嗚咽求饒的信，我求她原諒我，說我自己是個瘋子、是個罪犯……我求她再相信我一次……我向她發誓，這件事結束之後，我會在一個小時內離開這座城市、這個殖民地。如果她願意，我甚至可以離開這個世界……我求她原諒我、相信我，讓我在最後的關頭幫她一把……我發著高燒一樣狂寫了二十頁……這肯定是一封無法言喻的狂信，就好像是在譫妄中寫就的，從椅子上站起身來時，我汗流浹背……房間在搖晃不已，我不得不喝了一杯水……然後我又試著讀了一遍信，光是第一個字就讓我戰慄……我顫抖著把它折起來，塞進信封裡……突然間我的腦海裡閃過一個想法，我想到了一句真正具有關鍵作用的話。我一把抓過筆，在信的最後加上了這句話：『我在海濱旅館等著您說一句原諒的話。如果七點之前沒有收到回覆，我就開槍自殺。』

「最後，我拿起信，按鈴叫來一個侍童，讓他立刻把信寄出。終於，要說的話都說了——都說了！」

三

有什麼東西叮叮噹噹地在我們身旁滾動。他猛地動了一下，把威士忌酒瓶打翻了。我聽到他的手在地板上摸索著，然後一把抓住了它，用力一扔，空瓶子畫出一條巨大的弧線飛到了船外。他沉默了幾分鐘，然後比之前更加興奮和急促地繼續講述，彷彿在發著高燒。

「我不再是一個虔信的基督徒了……對我來說，沒有天堂，也沒有地獄……如果有，我也不怕，因為它不會比我那天從早到晚所經歷的事情更可怕……您想像一下，那是個小房間，在陽光下熱氣蒸騰，被正午的高溫所炙烤……那個小房間裡只有一張桌子、一把椅子、一張床……在桌子上只有一塊懷錶和一把左輪手槍，桌前坐著一個人……一個除了看著桌面和懷錶的秒針什麼也不做的人……一個不吃不喝不抽菸，甚至連動也不動的人……這個人、他……您聽好了：這個人在三個小時裡，一動也不動……只是看著那白色的錶盤和那根細細的轉著圈的指針……就這樣……就這樣……我在等待中度過了這一天，一直等，一直等，一直等……我就像……就像一個馬來狂人那樣等著，一直固執而憤怒地堅持著，像頭野獸，雖然明知這一切毫無意義……

「喏……我不會向您描述那段時光……因為它根本無法描述……我自己也不理解，人類怎麼能經歷這種狀態而沒有發瘋……然後……大概三點二十二分的時候……我記得很清楚，因為我一直盯著錶……突然有人敲門……我驚跳起來……好像一隻老虎要朝牠的獵物撲去……我一下子穿過房間衝到門口，猛地打開門……一個中國小男孩戰戰兢兢地站在門外，手裡拿著一張折起來的紙，我貪婪地一把搶了過來，他被嚇得跑了開去，匆匆地消失在我的視線裡。

「我折開那張紙條，想讀……卻讀不懂……上面的字句在我通紅的眼前晃動著……您想想，我當時終於得到了她的回覆，這期間我遭受了多麼巨大的折磨……她寫的字好像在我眼前跳動、顫抖……我把頭放在冷水下沖……這才清醒了一點……我再次拿起那張紙，讀道：『已經晚了！不過請您在旅館裡等著。也許我還會叫您過來。』

「這是一張從某本舊宣傳冊上撕下的紙，皺巴巴的，連簽名也沒有……從上面的鉛筆字跡能看出來是一個平時寫字很穩、此時正處在慌亂中的人寫的……我不知道為什麼這張紙條會如此震撼我……它上面依附著某種恐懼、某種祕密，彷彿是在逃亡的路上寫的、在窗邊的角落裡，或是行駛中的馬車上……這張祕密紙條中隱藏的那種無法描述的恐懼、匆忙與驚悚冷冷地刺進了我的靈魂……然而……然而我又是如此幸福：她終於給我回覆了，我不用赴死，我可以幫她擺脫危機……或許……我還能……啊，我在最瘋狂的猜測和希望中徹底迷失了……我把上面的字讀了一百次、一千次，還瘋狂地親吻它……專心地研讀了一次又一次，生怕遺漏任何一個字……我的幻想越來越不羈，越來越迷亂，我陷入了一種不可思議的狀態，好像睜著眼睛睡著了……這是介於睡眠與清醒之間的一種麻木狀態，一切都處於沉寂，但又不時蠕動著什麼，這樣的狀態持續了一刻鐘，不，也許是好幾個小時……

「突然我嚇得跳了起來……有人在敲門嗎？……我屏住呼吸……什麼動靜也沒有，一分鐘、兩分鐘……然後傳來一陣像老鼠啃咬一樣的輕柔敲門聲，聲音很小，可是非常迫切……我跳起來，蹣跚著走去開門——外面站著那個侍童、她的侍童，就是下巴被我打了一拳的那個……他那被太陽曬得黝黑的臉上此時一片慘白，那迷茫的樣子傳達著某種不祥的氣息……我心裡馬上湧現一陣恐懼……

「『發生了……發生了什麼事？』我結結巴巴地問。『快來。』[7]他說……我二話不說馬上和他一起跑下樓梯……門前停著一輛很小的轎車，我們馬上上了車……『發生了什麼事？』我再一次問他……他渾身顫抖地看著我，咬著嘴唇不說話……我又問了一次——他還是一聲不吭……我這時真想再朝他的下巴揍一拳，可是……他對她像狗一樣的忠誠感動了我……於是我沒有再問……小車匆匆穿越城市那混亂不堪的道路，行人咒罵著四散避開，我們從海灘旁邊的歐洲人聚居區一路開到低處的小鎮，駛進了唐人街那熙來攘往的人群中……最後，我們來到一條狹窄的小巷，它位於一片人跡罕至的郊區……車停在一棟低矮的房子前……那裡非常骯髒，巷子兩邊的房屋好像隨時都會往中間塌下來，前面是一家兜售蠟燭的小店……這種店鋪往往是個幌子，裡面會藏著鴉片館、妓院、賊窩，甚至罪犯的老巢……男孩著急地敲著門……門縫後傳來一陣嘶嘶作響的聲音，對我們問長問短……我再也受不了了，從座位上跳起來，一把推開半掩著的門……一個中國老太婆尖叫著躲到一邊……男孩走到我身後，引導著我穿過走廊……咔嗒一聲，另一扇門打開了……它通向一間黑暗的房間，裡面傳來燒酒和凝結了的血的氣味……我摸索著走了進去……」

三

聲音又停了下來。接下來爆發的，更像是一陣抽泣，而非講述。

「我……我摸索著進了屋……在那裡……在那裡有張骯髒的墊子……上面有什麼東西因為痛苦而蜷縮成一團……那是一個人……一個一直在呻吟的人……那是她……在黑暗中，我看不到她的表情……我的眼睛還沒有適應……我就這樣摸索著……摸到了她的手……她的手很熱……幾乎是滾燙的……她在發燒，發著高燒……我渾身顫抖……我馬上

7 原文為英文。

就知道發生了什麼事……她從我面前逃跑了……找到這裡來……任由自己被一個骯髒的女人殘害，只因為她希望逃到這裡能守住祕密……她讓自己被一個邪惡的女巫殘殺了，但哪怕這樣，她也沒有相信我……只因為我是個瘋子……只因為我冒犯了她的驕傲，因為我沒有馬上對她伸出援手……因為她害怕我甚於死亡……

「我尖叫著叫人拿燈來。侍童一跳而起，一個面目醜惡的女人雙手顫抖地拿來一盞冒著煙的煤油燈……我必須努力控制自己，免得撲上去咬斷眼前這個賤人的喉嚨……他們把燈放在桌面上……明晃晃的黃色燈光照著那個飽受折磨的身軀……突然……在那一瞬間，我身上的一切感覺都脫落了——所有的苦悶、所有的憤怒、所有那些積聚起來的不純潔的激情……此刻的我只是一個醫生，職責就是救死扶傷……我忘記了自己的存在……我意識清醒地與可怕的事物搏鬥……她那具我在夢中渴望不已的赤裸身體，現在只是……我該怎麼形容呢……只是一種物質、一個有機體而已……我已經喪失了其他的感覺，眼裡只有與死亡搏鬥的生命，在殺戮般的折磨中痛苦得縮成一團的人……她的血、她熾熱而聖潔的血流過我的雙手，我感受不到欲望，也感受不到恐懼……我只是一名醫生……我目睹了眼前的人正在受苦受難，並且……

「並且我知道，如果沒有奇蹟發生，那一切都完了……她在那個女罪犯笨拙的手下受了重傷，幾乎要失血而死……而我沒有任何辦法止血，在這個散發著惡臭的洞窟裡，甚至連乾淨的水都沒有……我所接觸的一切，都骯髒不堪……

「『我們必須馬上去醫院。』我說。但話音剛落，那備受折磨的身體突然就抽搐著爬了起來。『不……不……寧願去死……不想別人知道……不能被別人知道……回家……回家……』

「我明白了……眼前這個女人，心裡唯一牽掛的就是她的祕密，她在為自己的名譽而戰……不是為了生命……而且——我服從了……侍童叫來一頂轎子……我們把她扶進去……然後……她就像一具屍體，筋疲力竭，發著高燒……我們帶著她穿越黑夜……回到她家裡……回避了那些驚慌地問長問短的僕人……我們像小偷一樣將她抬進房間，鎖上門……然後……然後戰鬥開始了，與死亡的漫長戰鬥……」

三

一隻手突然伸出來抓住了我的手，我嚇得差點驚叫出聲。黑暗中，我看到他的面孔像是鬼臉一般，猛地露出了白色的獠牙，眼鏡在月光的映照下像兩隻巨大的貓眼一樣閃爍著微光。現在，他已經稱不上是在講述了——他在怒吼，因為一團激烈的怒火而渾身顫抖：

「您、您這個陌生人，又能明白什麼？您無憂無慮地坐在這裡的躺椅上，周遊列國，愜意得不得了，您知道人死去的時候是什麼樣子嗎？您見過別人死去嗎？他們的身體會弓起來，發青的指甲在虛空中猛抓，喉嚨裡發出嘎嘎的聲音，每一寸肢體都在反抗，每一根手指都在拚命抵抗那可怕的東西，眼睛在極度的恐懼中幾乎要跳出來，這一切完全無法用語言形容，您知道嗎？您這遊手好閒之徒，整天就會旅行作樂，還跟我說什麼幫助、什麼義務？我是醫生，這種生死的場面我之前一直只是……作為臨床病例，作為事實來研究——可是，只有這一次，我是全身心地體驗了死亡，在那天夜裡，我和她一道死去了……那個可怕的夜裡，我只能乾坐在那裡，焦頭爛額，想找出個止血的辦法，止住那奔流不止的血，止住那將她在我眼前活生生燒死的高燒……止住逐漸逼近的死亡、我無法從她病榻上驅趕的死亡。您知道身為醫生意味著什麼嗎？意味著要知道治癒一切疾病的辦法，意味著有義務去救死扶傷——正如您這聰明人剛剛所說那樣——但我呢，我這醫生，那時只能坐在一個垂死之人的床邊，頭暈眼花，什麼都知道，就是無能為力……

「我心裡只知道一件事，那就是，我幫不了她，哪怕我願意撕下身上的每一根血管，都幫不了她……看著一個自己所愛之人的身體在劇痛中流血不止，受盡折磨，感受她那越來越微弱、即將消失的脈搏……在我手指下消失……身為醫生，卻什麼也做不了，做不了，做不了……只能坐在一邊，像教會裡那些瘦癟的老太婆一樣念念有詞，然後握緊拳頭想反抗那自己早就知道不存在的可悲上帝……您能理解這樣的感受嗎？能嗎？……我……我只是不理解一件事……為什麼……為什麼在這樣的時刻裡，不能和眼前這個瀕死的人一道死去呢……為什麼明天還要醒來，還要刷牙，還要繫領帶……為什麼在經歷了這樣的事之後，還能活著……自己想拯救的第一個人、想用靈魂裡的全部力量守住的第一個人，在自己眼皮底下沒了呼吸……她越來越快地從我手中滑落到不知道什麼地方，時間一分一秒地過去，我灼熱的大腦裡卻想不出任何留住這個人的辦法……

「而且，讓我備受折磨的是……我坐在她的床邊——給她打了鎮痛的嗎啡，看著她躺在那裡，臉色慘白，渾身發燙——沒錯……我就這樣坐在她的床邊，總感覺有兩隻眼睛在背後盯著我，帶著一種可怕的緊張神情……是那個侍童，他正蹲在地板上喃喃地祈禱著……我的目光和他的相遇時……不，我無法形容他的眼神……那是像狗一樣懇求的目光……感激的目光……他朝我舉起雙手，想祈求我救她……您懂的，他朝我，朝我舉起了雙手，彷彿我是上帝……而我……只是一個什麼都救不回來的無能弱者……是一隻多餘的螞蟻，只會在地上沙沙地亂爬……啊，那個眼神是多麼折磨人，那狂熱的眼神，對我的醫術抱著動物一般的渴望……我本可以對他大喊大叫，一腳把他踢開，因為他那眼神真的傷害了我……可是，我感覺到，我和他、我們之間透過對她的愛而緊緊地連結在一起……透過共同的祕密……他呆滯地在我身後蜷縮著，儼然一隻潛伏在暗處的小動物……我一開口要什麼，他就光著腳跳起來，無聲無息，顫抖著把東西遞過來……我知道，如果能救回她，哪怕要割斷自己的血管，他也願意……這個女人就是這樣，對身邊的人擁有如此巨大的影響力……而我……而我連一點點血都止不住……啊，這一夜、這可怕的一夜、這在生死之間永無止境的一夜！

「天濛濛亮時，她又一次醒了過來……她睜開眼睛……現在那雙眼睛裡不再帶著傲慢與冷酷了……裡面還閃爍著未退的高燒……那雙眼睛掃視著眼前的房間，好像不認得它……然後她看到了我，好像在沉思，在努力地回想我的臉……突然……我知道……她想起來了……因為目光裡閃現了某種震驚、某種防禦……有什麼……有什麼讓她的臉在敵意與恐懼中扭曲了……她划動自己的手臂，好像要逃跑……逃，逃，從我身邊逃掉……我知道，她想起了那件事……之前的那一幕……不過她很快便又陷入了沉思……她看著我，目光平靜下來，呼吸粗重……我感到她想要說話，想對我說什麼……她的雙手又開始緊握起來……她想起身，但是太虛弱了……我安撫了她一下，朝她湊近身子……這時，她用一種備受折磨的目光久久地凝視著我……她的嘴唇在輕輕翕動……她的話只是一絲正在消散的最後回音……

「『沒人發現吧？……沒人發現吧？』

「『沒有，』我用盡全力想讓她相信我，『我向您保證。』

「但她的目光依舊焦躁不安……發燒的雙唇間擠出的話幾乎聽不見。

「『向我發誓……發誓沒有人會知道這件事……發誓！』

「我舉起手指，做出在宣誓的樣子。她看著我……用一種……難以形容的眼神……那麼柔和，那麼溫暖，充滿了感激……是的，真的是感激，真的是……她還想多說幾句話，但已經太難了。她躺在那裡，疲憊不堪，雙眼緊閉。然後，最可怕的事開始了……最可怕的事……她掙扎了整整一小時，直到早上才離世……」

三

他沉默良久。鐘聲在中層甲板的寂靜中響起，重重地敲了三下——我這才注意到已經三點了。月光變得暗淡了一些，但空氣中已經開始有另一種黃色的亮光在不確定地飄蕩，時而吹來一陣微風。還有半小時，或者一小時，天就要亮了，明亮的光就會讓恐怖的暗影煙消雲散。我現在更清楚地看到了他的容貌，因為我們角落裡的陰影不再那麼稠密和漆黑——他摘下帽子，在光禿禿的顱頂下，那張受盡折磨的臉顯得更駭人了。然而這時他閃閃發亮的眼鏡片又一次朝我轉過來，他直起身子，聲音裡帶著一絲嘲諷和尖銳。

「她的故事結束了——但我的沒有。我獨自和她的屍首在一起——我要守住她的祕密……然而，光是在這樣一座陌生的宅邸裡、在這樣一個沒有祕密的城市裡……請您想像一下這個場景：一位殖民地上流社會的女士，身體健康，前一天晚上還在政府招待會上跳舞，結果突然死在了自己床上……一位陌生的醫生和她在一起，據說是僕人把他叫來的……然而屋子裡其他人完全不知道他是從哪裡來的，又是什麼時候來的……深夜時分，有人用轎子把她送回家，偷偷抬到樓上，然後鎖上了門……第二天早上，她就死了……然後僕人聞聲而來，整間屋子突然上下沸騰……隔壁的人也好，整個城市也好，馬上就知道了她的死訊……只有一個人在現場，只有他能解釋所有的事……一個來自偏遠轄區的醫生、一個陌生人……真是個令人愉快的場面，不是嗎？

「我知道自己將面臨什麼樣的事。幸好侍童一直在我身邊，這個聽話的小子，能從眼睛裡讀出我的每一絲情緒——連愚鈍的小動物都知道，我們前面還有什麼硬仗要打。我只是對他說：『夫人不想讓任何人知道發生了什麼事。』他看進我的雙眼，目光像狗的眼睛一樣溼漉漉的，然而堅定不移：『**是的，先生**。』[8]他沒說更多的話，只是靜靜地把地上的血跡擦掉，把一切清理乾淨——正是他的堅定讓我重拾了決心。

「我這一輩子從未如此集中精力應對一件事，而且以後也不會有了。在你幾乎失去一切的關頭，你會絕望地為最後一點光芒而奮戰——那便是，她留給我的祕密。我冷靜地面對來人，跟他們一遍又一遍地講述我編好的故事：她那天晚上派侍童去找醫生，恰好在路上碰見了我。我看似平靜地講述著一切，心裡卻一直在等待那最關鍵的時刻……在我們能蓋上棺材，把她和她的祕密永遠塵封之前，驗屍官會來……您別忘了，那天已經是星期四，而她的丈夫星期六就回來……

「九點，我終於聽到傳喚官方醫師的消息。我派人請他來現場——他是我的上級，同時也是我的對手。他就是她充滿蔑視地提到的那些醫生當中的一個，而且肯定已經聽說了我想要調任的事。只瞄一眼我就知道，他是我的敵人。然而這正好點燃了我的鬥志。

「在前廳裡，他問我：『某某女士——他當時說了她的姓名——是什麼時候離世的？』

「『早上六點。』

「『她什麼時候叫您來的？』

「『晚上十一點。』

「『您知道我才是她的醫生嗎？』

「『知道，可是當時情況危急……而且……而且她要找的人是我。她不想叫別的醫生。』

「他瞪了我一眼，那蒼白而肥膩的臉一下子脹得通紅；我能感覺到他被激怒了。但這

8 原文為英文。

正是我需要的——我身上的所有能量都必須盡快積聚起來，立刻做出決定，否則我的神經肯定撐不了太久。他本想口吐惡言，然而馬上裝作事不關己一樣說道：『您覺得她不需要我來醫治，這是您的事，可是上頭指派我來確認她已經死亡，而且還要……確認死因。』

「我沒有回答，讓他繼續。然後我退後一步，關上門，把鑰匙放在桌子上。他驚訝地揚了揚眉毛：『這是什麼意思？』

「我平靜地說道：『重點不是確認死因，而是——為她找到另一個死因。這位女士、她……她在一次失敗的手術之後請我為她治療……我當時已經救不回她了，可是我向她保證，會挽救她的名譽，我說到做到。請您配合一下！』

「他驚愕地睜大了眼睛。『您的意思是，』他支支吾吾地說，『要我這個官派的醫護人員包庇罪行？』

「『沒錯，我正是此意，必須是此意。』

「『您自己犯下的罪，居然要我……』

「『我已經對您說過，我，沒有碰過這個女人一根頭髮，要不然……要不然我不會這樣站在您面前。要是我自己犯下的罪，我早就已經以死謝罪了。這個女人已經為她自己的過失贖了罪——如果您覺得這是罪的話——所以沒必要把它公之於眾。我不會容忍她的名譽受到玷汙。』

「我堅決的語氣讓他更加惱火。『您不會容忍……好的……您是不是覺得自己是我的上司……現在居然還來命令我……一開始我被叫來這裡的時候就感覺到這件事裡面有什麼骯髒的交易，為什麼會從偏遠的山裡把您叫來給她治病……您在那邊的診所想必也是乾淨得很呢，乾淨得不得了，任您試驗……不過，您不用擔心，我會調查死因的，我會如實地把一切記錄在案。我不會在一紙謊言上簽字。』

「我不為所動。

「『是的——可是您這次必須簽字。否則，別想離開這個房間。』

「我把手伸進口袋——我沒帶槍。但他畏縮了。我朝他走近一步，一動不動地注視著他。

「『聽著，我要跟您說件事……免得事情變得無法收拾。我這輩子已經……已經沒有什麼別的盼望了——我已經走得太遠，回不了頭……我現在唯一關心的，就是能不能信守我對她的誓言，讓她的死因永遠不為別人知曉……您給我聽好：我向您保證，如果您馬上簽署一份驗屍報告，證明這位女士是……死於意外，那我這週內就會離開這座城市、離開這個殖民地……如果您想，我還可以馬上拿出手槍，了結自己，只要我確認了她可以入土為安，永遠不會有人……您明白嗎？永遠不會——有人繼續調查這件事。我說得夠多了——對您來說，已經夠了。』

「我的聲音裡一定有某種威脅和危險的意味，因為當我不由自主地朝他靠近時，他驚恐地猛一下向後退去，就像……就像人家在手持彎刀的馬來狂人面前拔腿就跑一樣……突然，他像換了個人似的……一下子卑躬屈膝起來，站都站不穩了……先前那強硬的態度崩塌了。他小聲地嘟囔著什麼，這是他最後的無力反抗：『這是我這輩子第一次在假的報告上簽字……雖說總能找到辦法把真正的死因隱瞞過去……可是，您也知道，暴露之後會有什麼後果……我不能就這樣聽您的話……』

「『您當然不能就這樣聽我的話，』我上前安撫他──『快點簽！快點簽！』我的太陽穴在怦怦作響──『可是啊，要是您不簽字的話，不但會冒犯一個活人，還會得罪一個死人，那您為什麼不馬上就簽了呢？』

「他點點頭。我們走到桌邊。幾分鐘後，報告就準備好了（後來這件事見報了，死因被令人信服地描述為一次心肌麻痹）。然後他站起來，看著我：『您這週就離開嗎？』

「『我保證。』

「他又看了我一眼。我注意到他想嚴厲地對我說些什麼，想努力讓自己的話顯得客觀一點。『我現在去安排葬禮的事。』他說，為了掩飾自己的尷尬。可是到底是什麼東西，如此……如此折磨著我的心──就在這時，他突然朝我伸出手來，真誠地握了握我的手。『早點好起來。』他說──我不明白他是什麼意思。我病了？還是說，我……瘋了？我陪他到門口，打開鎖——關上門之後，我的最後一絲力氣也用完了。太陽穴又開始怦怦作響，眼前的一切都在天旋地轉，正好在她的床前，我倒了下去……這……這就是一個馬來狂人的結局……他毫無意義地狂奔，最後神經斷裂，倒地昏迷。」

三

他又停下來不說了。不知怎的，我打了個寒戰，是清晨的第一陣風現在正輕輕地掠過船身嗎？但是那張飽受折磨的臉——此刻被晨光照亮了一半——又繃緊了，繼續說道：「我不知道在墊子上躺了多久。突然有人碰了碰我。我坐起身來。是那個侍童，他怯生生又極其恭敬地站在我面前，不安地看著我的眼睛。

「『有人想進來……想見她……』

「『誰都不得進入。』

「『是的，可是……』

「他的眼中充滿了恐懼。他想說什麼，卻又不敢。不知何故，我眼前這頭忠心耿耿的動物陷入了痛苦之中。

「『是誰？』

「他顫抖地看著我，彷彿害怕被人毆打。然後他說了一個詞——他一個名字都沒提……這麼低級的生命，怎麼會懂得那麼多，這麼呆滯無神的人，怎麼會在區區幾秒鐘內獲得了靈魂，機敏得讓人說不出話來？……他說……戰戰兢兢地說：『是他。』

「我站起身，頓時就明白過來了，並且馬上就迫不及待地想見到這個我未曾謀面的男人。您看，這一切是多麼奇怪……在痛苦、熱望、恐懼和焦躁中，我居然完全忘記了『他』的存在……忘記了這件事還涉及一個人……這個女人所愛的男人，她熱情地把沒有給我的東西獻給了他……半天前、一天前，我還是那麼憎恨這個男人，還想著把他撕成碎片……但現在……我無法向您描述，我是以一種什麼樣的心情看待這個人的……我……愛他……因為她愛他。

「我一下子就來到了門口。門前站著一個年輕的——非常年輕的、金髮碧眼的軍官。他舉止笨拙，身材瘦削，臉色蒼白。看起來就像個孩子，他是那麼年輕……年輕得讓人感動……我馬上就被震撼到了，因為他是那麼努力地試圖以一個男子漢的姿態出現……努力地保持著鎮靜……我看到，當他的手伸到帽簷處想摘下帽子時，還在不住地顫抖……我想擁抱他……因為他正是我腦海中擁有這個女人的男人的樣子……不是花花公子，也不傲慢……不，他還是個半大的孩子，那麼純潔、那麼深情，她把自己像禮物一樣獻給了他。

「這個年輕人就這樣站在我面前，非常拘謹。我那貪婪的眼神和熱情的迎接使他困惑。

嘴唇上微微顫抖的薄薄髭鬚暴露了他的心情……這位年輕的軍官、這個孩子，用盡全力才讓自己不哭出來。

「『很抱歉，』最後，他說，『我想再……再一次……再看她一次。』

「我下意識地摟著這位陌生男子的肩膀，像病人一樣把他領到死者的床前。他用一種無盡溫暖又感激的目光驚訝地注視著我……在這一秒，我們兩人之間已經互相理解了……我們來到死者的身邊……她躺在那裡，全無血色，裹在一張白色的亞麻布裡——我感到自己在場只會讓他更加壓抑……於是後退了一步，讓他和她待著。他慢慢走近她……一步步地挪動著，全身抽搐……他的肩頭告訴我，他此刻內心承受著怎樣的波動與撕裂……突然，他在床前跪了下來……就像我之前崩潰的時候跪下來那樣。

「我立即衝上前去，把他抱起來，扶到一張扶手椅上坐下。他不再感到羞恥，任由自己大聲哭出來，把痛苦都發洩出來。我說不出一句話，只能下意識地撫摸他那孩子般柔軟的金髮。他抓住了我的手……很溫柔，但又很害怕……突然間，我覺得他在一動不動地打量著我……

「『請您告訴我真相，醫生，』他結結巴巴地說，『她是不是自盡的？』

「『不是，』我說。

「『那是不是有人……我的意思是……有人要……為她的死負責？』

「『不。』我再次說道。儘管我喉嚨裡有話要瘋狂地衝上來：『我！我！我！……還有你！……我們兩個害死了她！還有她自己的驕傲，她自己那不幸的驕傲！』然而我克制住了。我只是重複了一遍剛剛的話：『不……不是什麼人的錯……是上天的錯！』

「『我無法相信，』他呻吟道，『我無法相信。她前天還參加了舞會，她笑得那麼開心，還向我招手。這不可能！不，怎麼會發生這樣的事呢？』

「我編了一個長長的謊言。我沒把她的祕密告訴他。那些天裡，我們像兄弟一樣聊天，我們被一種共同的感情維繫著，這種心照不宣的溫情幾乎驅逐了我們頭上的陰影……雖然沒對彼此說出來，但我們兩個都覺得，這個女子是我們一生所繫。有時我差點忍不住要告訴他整件事，可是最後一刻我總是咬緊牙關把話咽了回去——他從沒發現她懷著他的孩子……本來我應該殺了那個孩子、他的孩子。而她卻親手把他，也把自己推進了萬劫不復的深淵。然而，只有躲在他家的那些日子裡我才會和他談到她……因為——我忘了說了——大家在四處找我……她的丈夫回來的時候，她已經入棺了……他不相信診斷報告上所說的……一時間謠言四起……他在找我……可是我不想見到他，不想見到這個一直讓她受苦的人……我躲了起來……整整四天我都沒有出門，我們兩個都足不出戶……

「她的情人用假名替我在船上弄到了一個位置，好讓我逃走……我就像小偷一樣在一天夜裡爬上了甲板，沒有人認出我……我放棄了所有的一切……我的房子、我的工作、我的財產，誰想要的話就都拿走吧……政府那邊的官員可能早就把我除名了，因為我未經允許就離開了自己的崗位……而且我不能再住在那房子裡、待在那城市裡……活在這個世界上……因為一切都只會讓我想起她……我像賊一樣躲進了黑夜……只為了逃避她……只為了忘記她……

「然而……我登船的時候……是夜裡……大半夜……我的朋友陪我一起上船的……就在這時……這時……我看到人家用起重機把什麼東西拖上了船……一個四四方方的、黑色的東西……那是她的棺材……您聽著，她的棺材……她哪怕到現在都要跟著我，正如我當初跟著她那樣……我在這裡必須不引人注目，扮成陌生人，因為他、她的丈夫，也在船上……他要帶著棺材去英國……或許是想在那裡重新驗屍……他又把她搶到手了……現在她又屬於他了……不再屬於我，也不屬於那個年輕人……不屬於我們兩個……但我……我還在呢……我直到最後一刻都要守著她……他不會知道真相的……我用盡一切辦法都要守住她的祕密……不讓這個混蛋知道，就是他害死了她……他什麼也不會知道的，什麼也不會知道……她的祕密是屬於我的，只屬於我……

「您現在明白了……您現在明白了……為什麼我不能見人……我聽不得他們的歡聲笑語……他們調情，他們交配……而他們房間下面……在茶葉球和巴西果之間……就放著她的棺材……我到不了那裡，因為房間鎖上了……但我的每個感官都知道她就在那裡，每時每刻都知道……哪怕他們的華爾滋和探戈舞曲放得再大聲……真是愚蠢啊，大海淹沒了無數死者，在人類踏過的每一寸地面下都有一具屍體在腐爛……可是我，我受不了了，我再也受不了了，受不了那些人在她的棺材上面舉行化裝舞會，尖聲大笑……我能感受到——她，儘管已經不在人世了，但還在命令我，她有事要我完成……我知道，我只剩下這最後一個義務了……我還沒死……她的祕密還沒守住……她還沒有放過我……」

三

從輪船中間傳來啪嗒啪嗒的緩慢腳步聲，水手開始擦洗甲板了。他突然驚跳起來，好像被人抓到了那樣，緊繃的臉上無比驚恐。他喃喃地站起身來：「我走了……我走了。」

看著他那樣，簡直是一種折磨：那絕望的目光，浮腫的眼睛，因飲酒或流淚而通紅。他回避了我的同情，我從他那蹲伏的身軀中感到了他的羞恥，因為自己居然向我、向黑夜傾訴了一切。我不由自主地問他：「我下午可以來你的房間嗎？」

他看了我一眼——一絲嘲諷、冷酷、憤世嫉俗的神情微微扭曲了他的嘴唇，從中吐出的每一個詞都充滿了惡意。

「啊哈……您又想著樂於助人了是不是？您口中所謂的義務，真的很棒呢……這句名言讓我對您喋喋不休了這麼久。不過，不用啦，我的先生，我謝謝您。您是不是覺得，我剛才對您把一切和盤托出，甚至連內臟，連腸子裡的屎都掏了出來，現在心裡就會好受了呢？那您就大錯特錯了。我的人生已經毀了，沒人可以幫我把它補回來……我這些年來相當於免費為顯赫的荷蘭政府服務囉……退休金沒了，現在我只能像條喪家犬一樣夾著尾巴逃回歐洲……一條跟在棺材後面哭喪的狗……成為狂人可是有代價的，跑到最後，就會倒下；而我希望，我已經跑完了……不，多謝了，我的先生，多謝您有心來看我……我在房間裡已經有伴了……我的上好的威士忌，它們偶爾還能安慰我一下；還有我以前的朋友也在，可惜我沒及時請它幫忙，我那把聽話的勃朗寧手槍……它比什麼好心勸告管用多了……所以，請您不要再在我身上費力了……人類最後剩下的權利就是：想怎麼死，就怎麼死……不需要別人的幫忙。」

他輕蔑地……挑釁地看著我，但我覺得，這只是因為他在我面前感到羞恥，無盡的羞恥。末了，他聳聳肩，轉過身去，沒向我道別，奇怪地、歪歪扭扭地走著，拖著身子穿過已經大亮的甲板，向自己住的船艙走去。那之後，我再也沒有見過他。我徒勞地在夜裡尋找他，但無論是昨晚那個地方還是別處都沒有他的蹤影。我覺得這一切像是一場夢，或者是我自己的臆想，直到某天我在乘客之中發現了一位手臂上繫著黑紗的荷蘭商人，人家告訴我，他前不久才喪妻，那位妻子死於一種熱帶疾病。我看見他總是遠離人群，一臉嚴肅又痛苦的樣子，在甲板上踱來踱去。而我，居然知道他那祕密的苦楚，這使我莫名羞赧。我一看到他走過來，就馬上掉轉頭去，生怕自己的目光暴露了一切，因為我比他自己對他的命運所知更多。

三

那個發生在那不勒斯港的奇怪意外，我相信可以在這個陌生男人對我說的話中找到解釋。大部分乘客在晚上都會下船上岸去，我自己則先去看了場歌劇，又去了羅馬大街上一間燈火通明的咖啡館。當我們划著小艇返回輪船時，我注意到有幾艘裝著手電筒和乙炔燈的小船正在繞著船尋找著什麼。船上方則是黑壓壓的一片，滿是來來往往的步兵和憲兵。我問一個水手發生了什麼事。他不想回答我的問題，說明這裡涉及什麼機密的任務。第二天，輪船上恢復了平和，繼續駛往熱那亞，沒有任何發生了意外的跡象，船上什麼口風也打探不到。

後來我才在義大利的一些報章中讀到了對那不勒斯那起所謂的意外的報導，充滿了種種羅曼蒂克的渲染。報紙上寫道：那天晚上，在一個相對人少的時刻，為了不驚動船上的乘客，來自荷蘭某殖民地的一位貴族夫人的棺材透過一架繩梯從輪船轉移到小艇上，她的丈夫正在上方監督著轉移工作。突然，有一件重物從上方甲板墜海，把正準備轉移的棺材連同搬運工和貴族夫人的丈夫一起拖進了水裡。另一份報紙寫道：是一個瘋子突然搶在前面順著繩梯從臺階上跳了下去。還有一份報紙美化了事實之後寫道：是繩梯本身因為承受不了太大的重量而斷了。無論如何，航運公司似乎已經竭盡全力掩蓋了具體的細節。

最終，人家用小艇從海裡救回了搬運工還有死者的丈夫，可是鉛製棺材卻沉到了海底，再也找不回來了。另一則報導則簡略地提到：在港口，一具年約四十歲的男屍被沖上岸。對公眾來說，這件事和之前那件被報導得浪漫不已的意外好像沒有什麼關聯；而我一匆匆讀完那幾行字，就有種感覺，彷彿那張被月光照亮的、眼鏡閃著微光的面孔，正幽靈一般從報紙的後面盯著我。

里昂的婚禮

一七九三年十一月十二日，巴雷爾[1]在法國國民公會提出了一項針對被叛亂分子占領的里昂市的致命提案。該提案的結尾幾句簡明又粗暴：「里昂與自由為敵，故應消滅。」他請求把這座叛城夷為平地，將所有紀念碑付之一炬，讓它的名字從歷史上徹底消失。國民公會商議了整整八天，考慮要不要讓這座法國第二大城市毀於一旦。簽署了提案之後，人民代表庫東[2]負責指揮屠城，然而他只是懶散地貫徹這項虛張聲勢的命令，因為心知羅伯斯比爾不會有異議。為了把樣子做好，他搞了個聲勢浩大的民眾集會，當著他們的面用一把銀錘子在白萊果廣場的幾棟建築物上象徵性地敲了幾下；可是遇到輝煌華美的牆面時，他還是猶猶豫豫，下不了手，人家也很少聽見斷頭臺悶聲砍人的隆隆聲。里昂先前因為內戰和持續數月的圍困而一片動亂，此時可謂鬆了一口氣，庫東那意想不到的溫吞讓民眾重拾幾分希望。

然而，過分仁慈的庫東在某天突然被召回，取而代之的是科洛・德布瓦[3]和富歇[4]——他們兩人身佩人民代表的綬帶，出現在已經改名為阿弗朗希城的里昂。一夜之間，本來只是用來嚇唬民眾的法令變成了血淋淋的現實。

「上一任根本什麼也沒做。」他們一就任就在國民公會裡抱怨道。既為了譴責辦事不力的庫東，也為了張揚自己的愛國熱忱，於是，恐怖的處刑接踵而來。富歇、人稱「里昂劊子手」，亦即後來的奧特朗托公爵——一切規章制度的堅定捍衛者，事後聲稱自己並不願意回想這些血淋淋的畫面。

以前日磨夜磨的鐵鍬讓位給一包又一包的火藥，成排的華麗建築轉眼間就灰飛煙滅；被抱怨「效率低下，老是靠不住」的斷頭臺任務結束了，取而代之的是瞬間殺死數百囚犯的霰彈與火槍。每日都有新的殘酷法令出場，司法機關揮舞著死神的鐮刀，不分日夜地收

1 巴雷爾：貝特朗·巴雷爾（一七五五—一八四一），法國政治家，法國國民公會議員、救國委員會委員。在雅各賓派執政時期，巴雷爾和卡爾諾一起起草全民參戰法令，支持實行恐怖統治。在恐怖年代，他堅持由救國委員會獨攬政治、經濟和外交大權。

2 庫東：喬治·奧古斯特·庫東（一七五五—一七九四），法國政治家和律師，法國大革命時期國民立法議會的代表。一七九三年五月三十日，庫東當選為公共安全委員會成員。

3 科洛·德布瓦：讓–馬里·科洛·德布瓦（一七四九—一七九六），法國演員、革命家，恐怖統治的積極推動者。科洛·德布瓦在里昂處決了兩千多人。

4 富歇：約瑟夫·富歇（一七五九—一八二〇），法國政治家，曾任拿破崙一世時期的警務部長。一七九三年法國大革命期間，他因殘暴鎮壓里昂起義而為人知曉。茨威格曾寫過關於富歇的傳記體小說。

割著人頭。入殮和挖墳的速度根本就跟不上，隆河的河水搶著把屍體沖走，監獄裡已經裝不下那麼多囚犯和嫌疑分子了。於是，公共建築的地下室、學校和修道院都成了囚禁犯人的地方，誠然只是為了解決燃眉之急，因為屠殺的速度是那麼快，幾乎沒有什麼囚犯能在同一個地方的稻草堆上睡兩晚。

在這個血淋淋的月分裡，有一天，天氣嚴寒，又有一群囚犯被關進市府大樓的地窖，在接受悲慘的命運之前，他們要短暫地待在一起。中午時分，他們被逐個帶到長官的面前，審訊就像在玩似的，審判官草草地決定了他們的命運；此時，六十四個囚犯，有男有女，擠在一個地窖裡。這裡滿是酒味，潮溼發霉，低矮又昏暗，前方小壁爐那一星半點的火與其說是用來取暖的，不如說是用來為黑暗增添色彩的。大多數人都只是麻木地往稻草堆上一躺，其他人則在一張官方賞給他們的小桌子上，就著微弱的火光，匆匆寫著訣別信。他們知道，自己可能還活不過房間裡那支閃著藍光的殘燭。所有人說話時都只是喃喃低語，唯有街道上傳來的火藥爆炸的悶響，還有隨之而來的建築物的坍塌聲打破了地窖裡的寂靜。事態發展得太快，這些人面臨著最後的考驗，已經失去了思考與感覺的能力；大部分人只是一動不動、一聲不吭地縮在黑暗中，彷彿半個身子已經進了墳墓，沒有念想，也無力抗爭，只能凝視著尚有生命的世界。

大概晚上七點的時候，門外突然傳來了粗暴的腳步聲，槍托碰響，生鏽的門閂咿咿呀呀地打開了。所有人都嚇得面色慘白：莫非要一反慣例，連最後一夜都不等了，馬上行刑？一道冷風從門縫吹進來，蠟燭藍色的火苗在風中飛快地跳動著，彷彿要掙脫蠟做的軀體。對未知的恐懼接踵而來。不過大家很快就鎮定下來，獄卒只是帶來了新一批囚犯，約莫二十人，他無言地把他們帶下樓梯，推到人滿為患的地窖裡，也不指定他們該待的位置。然後，鐵門又重重地關上了。

囚犯用不怎麼友善的眼神看著新來的人。因為人類有個古怪的天性，那就是無論在哪裡都會飛快地適應下來，理所當然似的把那裡當成自己的家。地窖裡的原住民已經把這個四壁長滿青苔的昏暗房間、內部發霉的稻草堆，還有火爐邊的位置當成了自己的私有財產，任何新人對他們來說都是入侵者，只會削減他們原有的生存空間。剛進來的那批人可能也感受到了這種冰冷的敵意，臨死前的這種敵意該是多麼荒謬可笑。因為——和通常的情況不同——他們沒有對同是天涯淪落人的原住民說一個字，也不索求桌旁或者稻草堆上的位置，只是無聲無息、萬念俱灰地蜷縮在角落裡。之前地窖裡的沉默已經黑壓壓地擠逼著眾人，現在那種毫無意義的敵意和壓力更是使他們心灰意冷。

突然，一陣清亮的，幾乎像發自另一個世界的尖叫聲穿透了寂靜，它歡快地震顫著，用一種不可抗拒的力量，把角落裡最冷漠的那些人也拉出了沉寂。原來剛剛關進來的那批人裡有一位少女，她突然跳起來，全身發抖地大喊「羅伯特，羅伯特」，彷彿跳崖一樣張開雙臂奔向一個年輕人，那個年輕人是跟著第一批人闖進來的，本來倚靠在鐵窗邊，此時也朝少女衝去。兩具年輕的軀體就像同一簇火的兩朵火焰一樣燒在一起，他們熱吻著，狂喜的淚水打溼了彼此的臉頰，忘我的抽泣彷彿出自同一個咽喉。他們鬆開手，難以置信地打量著對方，彷彿不敢相信眼前的人是真的，這虛幻感使他們恐懼不已，下一秒兩人便又更加熾烈地擁吻。他們淚流滿面，又是抽泣，又是說著、嚷著，眼中只有彼此，在無盡的感情的漩渦裡完全忘卻了身邊其他人的存在。他們的震驚也感染了其他囚犯，他們漸漸振作起來，靠近這對年輕人。

那個年輕的女孩，與那位名叫羅伯特·德·L的里昂某位高官的兒子自幼青梅竹馬，兩人幾個月前才剛剛訂婚。教堂裡已經貼出了他們結婚的公告，而兩人結婚的日子卻恰好選在了國民委員會進攻城市、血流成河的那一天。男方在佩西將軍的隊伍裡服役，有義務和共和國作戰，同時也要護送這位保皇黨的將軍去進行那次絕望的突圍。幾個星期裡，他都杳無音訊，於是她暗暗希望他已經順利通過了瑞士邊境，直到一位城裡的文書告訴她，她的未婚夫在農莊裡避難時被人發現了，現已押往革命法庭。

這位果敢的女孩一聽說未婚夫被逮捕和判刑，便馬上憑藉她那不可思議的魔法般勇氣——只有在危急關頭女性才會有的勇氣——闖進了常人不能踏入的人民代表辦公廳，這本是不可能實現之事。她一下跪倒在科洛·德布瓦的面前，為未婚夫求情，這位人民代表卻粗暴地趕走了她，說不會對叛亂分子開恩。於是她又跑去找富歇，此公不比科洛．德布瓦仁慈，手段還更為奸詐，他看到這個絕望地奔他而來的少女，完全不為所動，哄她說，他很樂意幫她尋找未婚夫，可是——這個老奸巨猾的騙子透過長柄眼鏡往一份文件裡瞥了一眼——這個名叫羅伯特．德．L的年輕人今早已經在布羅托的一處田野上被槍決了。他騙過了這位少女，使她當場就相信未婚夫已經不在人世了。然而，和一般女人不同，她沒有屈服於悲痛，哭哭啼啼，放棄反抗，而是一把將自己夾在頭髮上的革命徽章摘下來，扔到地上用腳踩，一邊大罵富歇和他那些趕來的同黨是卑鄙的吸血鬼、劊子手、懦夫、罪犯，以至於所有房間裡都能聽到她的聲音。對她來說，生命已經失去了意義，再怎麼對待也無所謂。被士兵拖出辦公室時，她聽到富歇在對一個滿臉麻子的祕書下達命令，說要逮捕她。

這一切對她來說是那麼虛幻，那麼無關緊要——見到戀人後激動得不能自己的少女向身邊的人講啊講——恰恰相反，一想到馬上就要奔赴黃泉，和自己的新郎團聚，她只感到滿足和迷醉。審訊時她對所有提問都充耳不聞，她是那麼渴望終結，快樂得全身發抖。沒錯，獄卒把她和遲到的那批犯人關進地窖的時候，她眼都不抬一下。世界與她還有什麼相干呢？反正她愛的人已經死了，而她也將和他一起邁進地府。

於是，她在角落裡找了個地方坐下來，面無表情，直到剛剛適應黑暗的眼睛突然捕捉到一個年輕男子的身影。若有所思地靠在窗邊的他，和她未婚夫平日裡出神凝視的樣子是那麼相似。她馬上嚴令禁止自己做這種多餘的幻想，可是最後還是忍不住站起身來，往那裡走去。幾乎在同一時刻，那個男子走到了蠟燭的光暈下。她不知道自己為什麼沒有在那驚愕的一瞬間倒地身死，她本來早就放棄了，此時卻發現早已被處決的未婚夫活生生地站在自己面前，她的心臟差點就跳出了胸腔，彷彿它有自己獨立的生命。

她在飛快地講述著這一切的時候，從未鬆開過未婚夫的手。她目不轉睛地看著他，一次又一次地投入他的懷抱，彷彿還是不敢相信他的存在。這種年輕人特有的真情神奇地打動了他們身邊的同路人。眾人方才還麻木不仁、筋疲力竭，無法領受任何一種感情，此刻卻被這對奇蹟般地重聚的戀人所打動，於是激動地朝他倆靠過來。在這不可思議的命運面前，每個人都忘記了自己的宿命，每個人都抑制不住內心激動的潮水，想對這對眷侶說一句表達同情、讚許，或者關切的話；然而女孩此刻是那麼激動、那麼沉醉、那麼驕傲，她拒絕了所有的同情。不，她很幸福，幸福得無以復加，因為現在她知道，自己將與愛人共赴黃泉，不會有任何一方留在世上悼念彼此。只是有一點讓她的幸福不那麼圓滿：她此刻還是娘家的姓氏，不能作為髮妻和他一起覲見天主。

她把這句話說了出來，全然不帶私心，也無所欲求，幾乎忘記了眾人的存在；她全心全意地投入愛人的懷抱中，因此沒有發覺，羅伯特的一位戰友已經被她的話深深打動，此刻正走到一旁，輕聲地與一位上了年紀的先生商量著什麼。那位先生被戰友的輕聲細語觸動了，馬上站起身來，吃力地擠過人群，走到那對年輕人面前。他坦言，自己雖然身著農民的衣服，卻是來自土倫的一位拒絕宣誓的神父，因為被人告發而關到了這裡。不過，儘管他沒有神職人員的穿戴，卻認為自己有權力履行原有的職責。既然兩位戀人之前已經訂婚，並張貼了結婚的公告，而目前的判決使得婚禮無法再延期，那麼現在他很樂意自薦為證婚神父，聽取兩位的誓言，並在眾人和無所不在的天主的見證下，讓他們兩人結為夫婦。

少女驚喜得不能自持，因為自己那想都不敢想的願望居然再一次實現了。然後她用不確定的眼神看了未婚夫一眼。那位未婚夫用堅定的目光回答了她的疑問。於是，少女便在堅硬冰冷的地磚上雙膝跪下，親吻著神父的手，請求在這間不盡完美的屋子裡讓他們兩人結為夫婦。她感到自己內心潔淨如水，完全沉浸在這一神聖的時刻中。

周圍的人無不為之深深震動，沒想到這間陰沉的囚房會變成教堂，他們不由自主地被新娘的激情所感染，紛紛簇擁在她身旁，為準備婚禮忙著。男人排好為數不多的幾張椅子，讓蠟燭在鐵鑄基督像周圍排成筆直的一列，這樣那張小桌子看起來就像一座祭壇；與此同時，女人把入獄時路人饋贈的幾朵鮮花編成一個小小的花環，戴在新娘的頭上；神父領著兩個年輕人走到旁屋裡，先後聽取了兩人的誓言。他們走近那座臨時搭起來的祭壇，這時一種不同尋常的寧靜充滿了整個房間，連守衛都以為犯人在謀畫著什麼，於是猛地打開門走了進來。然而，看到這特別儀式的那一瞬間，他那張農民一般的黝黑臉龐不由自主地寫滿了肅穆與敬畏。他站在門邊，不敢打擾別人，和大家一起沉默著，見證著這場非凡的婚禮。

神父走到祭壇前，言簡意賅地說明了一下，只要敬畏主，無論何地，都是教堂與祭壇，都能結為夫妻。說罷，他屈膝下跪，在座的每個人也隨之跪下；四周是那麼安靜，甚至連蠟燭細長的火苗都一動不動。然後，神父打破沉默，問兩人是否願意生死相隨。他們用堅定的聲音回答道：「願生死相隨。」這個「死」字剛才在眾人的心裡還是那麼恐怖，此刻聽起來卻那麼明亮、那麼清澈，靜默的房間裡再也沒有恐懼的一席之地。這時神父把他們的手握到一起，說出了締結的證詞：「**吾在此奉聖母教會之命，以聖父、聖子與聖靈之命宣布你們結為夫婦。**[5]」

禮成。新婚的兩人親吻了神父的手，每位獄友都擠上前來，對他們說幾句祝福的話。沒人想到死亡，想到死亡的人也感覺不到它的可怖。

在這期間，那位羅伯特的戰友——這場婚禮的伴郎——與其他一些人低聲商量著什麼，很快大家就看到他們開始忙了起來。男人把旁邊小屋裡的稻草搬出來，那對新人正沉浸在婚禮夢幻般的喜悅中，對他們準備的東西一無所知，直到那位戰友微笑著向他們走來——他和他那些同甘共苦的朋友想送給他們一份禮物，以慶祝大婚之喜。不過，人世間的什麼禮物才適合這對馬上就要共赴黃泉的新人呢？他們準備的，原來是唯一一樣可以讓兩人感到快樂的、珍貴的禮物：在這新婚之夜，也是留在人世的最後一夜，他們可以在那間比較小的側房裡一起度過。眾人寧願在外面的大廳裡擠一擠，也要為兩位年輕人創造獨處的機會。「春宵一刻值千金吶，」他又說，「我們大家都是快死的人了，如果有誰能在這最後一晚享受到愛情，那他就不應該錯過。」

少女羞得滿面通紅，她丈夫卻坦誠地望向戰友的雙眼，感動地握了握這位兄弟的手。他們不發一語，只是互相看著對方。於是就這樣安排好了，沒有喧鬧的流程，也沒有刻意的造作；男人圍著新郎，女人圍著新娘，舉著蠟燭把他們送進了從死神那裡借來的新房，完全沒意識到在同甘共苦的彼此心中，久已散佚的婚禮傳統被找回了。

他們在新人身後輕輕地把門關上，對於他們倆的親密時刻，沒人敢說一句失禮或粗俗的話，也沒人打諢說笑；因為自從他們知道，在命運面前軟弱無力的自己還能贈予他人一絲幸福，某種特別莊嚴的感情就像沉默的翅膀一樣在他們頭上展開。在心底裡，每個人都暗暗感謝這件事的發生，這一善行使他們忘卻了自己的宿命。就這樣，死刑犯零零散散地躺在黑暗中，或睡或醒，在稻草堆上等待天明，偶爾才有一聲歎息迴蕩在這群無能為力之

5 原文為拉丁語。

人的房間裡。

翌日清晨，士兵走進地窖，準備把這八十四位囚犯押送到刑場，卻發現所有人都醒著，做好了出發的準備。只是隔壁那對新人的房間依然一片寂靜：哪怕沉重的槍托碰撞聲也沒能喚醒疲憊的兩人。於是，伴郎只好先一步走進房間，免得劊子手粗暴地叫醒沉浸在幸福中的他們。兩個年輕人躺在一起，輕輕地摟著對方，新娘的一隻手彷彿被遺忘了似的壓在新郎的脖子下；哪怕在表情凝滯的睡眠中，他們的臉也那麼平和、那麼幸福。伴郎幾乎不忍心去打破這寧靜。不過他不能再拖了，只好著急地搖了搖新郎，新郎睡眼惺忪地抬起眼，一看就明白了狀況，於是溫柔地把一旁的新娘扶起來。她抬頭張望，像個小孩子一樣被嚇到了，不過只是因為突然地被拋回冰冷的現實而已；很快，她就轉頭看著他，心照不宣地說道：「我準備好了。」

兩人手牽手走出來的時候，眾人不約而同地讓出一條路，讓新人走在前面。儘管行刑者已經習慣了囚犯的絕望與悲傷，這回卻不能把眼睛從兩個開路的年輕人身上移開——一個年輕軍官，還有他那戴著新娘花冠的妻子，他們散發著一種不同尋常的輝芒，平靜而神聖，就連最麻木的靈魂都能充滿敬畏地感覺到，這裡有一個崇高的祕密。隊伍裡的其他人也和以前的死刑犯不同，他們的腳步非常堅定，眼睛凝視著那對新人，就在昨天，他們實現了三個本無可能實現的願望。每一個人都相信著最後的奇蹟，相信在這對新人的引導下，最後一個奇蹟還會發生，能把他們從確鑿無疑的死亡中拯救出來。

可是，生命雖偏愛奇事，卻很少實現真正的奇蹟，這一天發生在里昂的只是最平常不過的事。一行人被帶上一座橋，從那裡去往布羅托，來到一片滿布沼澤的田野，那裡有十二隊步兵在等待，他們為每個囚犯準備了三發子彈。犯人被排成一列：一陣槍聲過後，所有人都倒下了。

末了，士兵把還在流血的屍體扔進隆河裡，迅猛的河水無情地把這些陌生人的面孔和命運一一吞噬。只有那個新娘的花冠從正在沉底的少女頭上鬆脫下來，在奔流的波浪中毫無意義地、異乎尋常地漂浮了一會兒。最終，就連花冠也消失了，隨著它一同消失的，是對這個從死神的雙唇中救回來的、因而值得紀念的愛情之夜的記憶。

史蒂芬．茨威格年表

一八八一年（出生）

十一月二十八日，史蒂芬．茨威格出生於奧匈帝國維也納。父親莫里斯．茨威格是一位富有的猶太紡織企業家，母親伊達．布雷特奧是猶太銀行家的女兒。史蒂芬還有一個哥哥，名叫阿爾弗雷德。

一九〇〇年（十九歲）

高中畢業後進入維也納大學哲學系，但很少去上課，而是為奧地利的《新自由報》文學專欄寫文章。

一九〇一年（二十歲）

第一部詩集《銀弦》出版，於次年轉入德國柏林大學。

一九〇四年（二十三歲）

完成博士論文《伊波利特・阿道爾夫・丹納的哲學思想》。

第一部小說集《艾麗卡・埃瓦特的愛》在柏林出版。

一九〇六年（二十五歲）

第二部詩集《早年的花環》在萊比錫出版。

一九〇七年（二十六歲）

三幕詩劇《泰西特斯》在萊比錫出版。

一九〇八年（二十七歲）

將手抄本《泰西特斯》送給西格蒙德・佛洛伊德。佛洛伊德給他回信，從此，兩人間保持了三十多年的信件往來。

一九一〇年（二十九歲）

傳記小說《埃米爾・維爾哈倫》在萊比錫出版。

一九一一年（三十歲）

中短篇小說集《初次經歷：兒童國的四個故事》在萊比錫出版，收錄〈家庭女教師〉、〈祕密燎人〉、〈夜色朦朧〉、〈夏日小故事〉。

一九一二年（三十一歲）

遊歷美國，旅途中結識了許多作家和藝術家。

戲劇《濱海之宅》在維也納城堡劇院首演。

一九一三年（三十二歲）

獨幕劇《變換的喜劇演員》在萊比錫出版。

一九一四年（三十三歲）

第一次世界大戰爆發，入伍。

一九一七年（三十六歲）

服役期間休假，後離開軍隊，搬到中立國瑞士的蘇黎世，任《新自由報》的記者。

表現主義戲劇《耶利米》在萊比錫出版。
發表文章〈回憶埃米爾・維爾哈倫〉。

一九一九年（三十八歲）

戰爭結束後回到奧地利，在邊境巧遇哈布斯堡王朝與奧匈帝國的末代皇帝卡爾一世，茨威格在自傳《昨日世界：一個歐洲人的回憶》中有關於這段經歷的描述。
戲劇《傳奇人生》在萊比錫出版。

一九二〇年（三十九歲）

與弗里德麗克・瑪莉亞・馮・溫特尼茨結婚。
傳記小說《三大師傳：巴爾札克、狄更斯、杜斯妥也夫斯基》在萊比錫出版。
中篇小說《重負》在萊比錫出版。
傳記小說《羅曼・羅蘭，其人和作品》在法蘭克福出版。

一九二二年（四十一歲）

中短篇小說集《馬來狂人：關於激情的故事集》在萊比錫出版，收錄〈馬來狂人〉、〈一位陌生女子的來信〉等。

一九二三年（四十二歲）

傳記小說《法朗士．麥綏萊勒》在柏林出版。

一九二四年（四十三歲）

《詩歌合集》在萊比錫出版。

一九二五年（四十四歲）

發表隨筆〈世界的單調化〉。

中篇小說《恐懼》在萊比錫出版。

傳記小說《與惡魔的搏鬥：荷爾德林、克萊斯特、尼采》在萊比錫出版。

一九二七年（四十六歲）

中篇小說《日內瓦湖畔插曲》在萊比錫出版。

發表〈告別里爾克〉。

中短篇小說集《情感的迷惘》在萊比錫出版，收錄〈一個女人一生中的二十四小時〉。
《人類群星閃耀時》第一版在萊比錫出版，此版本僅包括五篇傳記。

一九二八年（四十七歲）

前往蘇聯。在高爾基的幫助下，茨威格的作品得以在蘇聯出版。
傳記小說《三位詩人的人生：卡薩諾瓦、斯湯達爾、托爾斯泰》在萊比錫出版。

一九二九年（四十八歲）

發表傳記小說《約瑟夫·富歇：一個政治家的肖像》。
三幕悲喜劇《窮人的羔羊》在萊比錫出版。
小說集《四篇小說》在萊比錫出版。

一九三一年（五十歲）

傳記《透過精神治療：梅斯默、瑪麗·貝克－艾迪、佛洛伊德》在萊比錫出版，茨威格將此書獻給物理學家愛因斯坦。

一九三二年（五十一歲）

傳記小說《西格蒙德．佛洛伊德》在巴黎出版。

傳記小說《瑪麗．安托瓦內特》在萊比錫出版。

一九三三年（五十二歲）

為理查．史特勞斯創作歌劇《沉默的女人》的劇本。

一九三四年（五十三歲）

作為猶太人，茨威格的名聲並未使他擺脫被迫害的危險。希特勒上臺後，茨威格於二月二十日離開奧地利，移民到英國倫敦。

傳記小說《鹿特丹的伊拉斯謨：勝利和悲劇》在維也納出版。

一九三五年（五十四歲）

《沉默的女人》在德勒斯登首演，理查．史特勞斯拒絕將茨威格的名字從節目中刪除，公然違抗了納粹政權。該歌劇在演出三場後被禁演。

傳記小說《瑪麗．斯圖亞特》在維也納出版。

一九三六年（五十五歲）

《短篇小說集》上下冊在維也納出版。

專著《卡斯特留反對喀爾文：良知反對暴力》在維也納出版。

一九三七年（五十六歲）

中篇小說《被埋葬的燈檯》在維也納出版。

隨筆集《遇見人、書、城市》在維也納出版。

與約瑟夫．格雷戈爾合作，為史特勞斯創作了另一部歌劇《達芙妮》的劇本。

一九三八年（五十七歲）

傳記小說《麥哲倫》在維也納出版。

母親去世。

十一月，與妻子弗里德麗克離婚，之後兩人依舊保持緊密的書信往來。

《瑪麗．安托瓦內特》被美國米高梅公司改編成電影。

一九三九年（五十八歲）

小說《焦灼之心》德文版在斯德哥爾摩與阿姆斯特丹出版。

夏末，與祕書洛特．阿特曼在英國巴斯結婚。

一九四〇年（五十九歲）

《人類群星閃耀時》的內容增加到十四篇。

由於希特勒的軍隊向西迅速推進，茨威格夫婦離開倫敦，取道美國、阿根廷和巴拉圭到達巴西，在彼得羅波利斯定居。此時的茨威格已對歐洲局勢和人類的未來深感悲觀。

一九四一年（六十歲）

專著《巴西—未來之國》在斯德哥爾摩出版。

一九四二年（六十一歲）

二月，與妻子洛特在里約熱內盧附近的彼得羅波利斯寓所內自殺。

中篇小說《西洋棋的故事》在布宜諾斯艾利斯出版。

自傳《昨日世界：一個歐洲人的回憶》出版。

一九四八年

茨威格的第一任妻子弗里德麗克的回憶作品《我認識的史蒂芬·茨威格》在柏林出版。

〈一位陌生女子的來信〉被德國導演馬克斯·奧菲爾斯拍成電影。

二〇〇二年

巴西發行電影《失去茨威格》。

二〇一四年

美國和德國合拍的喜劇劇情片《歡迎來到布達佩斯大飯店》發行，此影片的靈感來自茨威格的四部作品：〈變形的陶醉〉、〈焦灼之心〉、《昨日世界》，和〈一個女人一生中的二十四小時〉。

二〇一五年

法國發行紀錄片《史蒂芬·茨威格：一位世界的歐洲人》。

二〇一六年

奧地利、德國和法國聯合發行關於茨威格流亡生活的電影《黎明前》。

作者簡介

史蒂芬・茨威格 (Stefan Zweig, 1881-1942)

享有世界級聲譽的小說大師、傳記作家。

出生於奧地利首都維也納，父母都是猶太人。十九歲時進入維也納大學讀哲學，二十歲時出版詩集，次年轉到柏林大學，將更多時間和精力投入文學創作，並且從事了一些翻譯工作。

第一次世界大戰爆發後，在法國作家羅曼・羅蘭等人的影響下，從事反戰活動，為和平而奔走。二戰陰雲遍布歐洲後，猶太人遭納粹屠殺，茨威格流落他鄉，一度移居英國，加入英國國籍，後轉道美國，定居巴西。

一九四二年二月二十二日，因對歐洲淪陷感到絕望，茨威格偕妻輕生離世。消息傳開，引起世人無限哀痛，巴西為他們夫妻舉辦隆重的國葬。

茨威格的小說作品對人性描寫入木三分，尤其擅長刻畫女性心理；傳記作品兼具了歷史的真實和藝術的魅力，具有無與倫比的感人力量。

代表作：小說《一位陌生女子的來信》、《一個女人一生中的二十四小時》、《焦灼之心》，人物傳記《人類群星閃耀時》，自傳《昨日世界：一個歐洲人的回憶》。

譯者簡介

楊植鈞

德語譯者、教師。上海外國語大學德語文學博士，德國柏林自由大學哲學系聯合培養博士生。現任教於浙江科技學院中德學院。

長期從事德語教學及翻譯工作，在奧地利現當代文學領域研究成果頗豐。

譯作有：

二〇一九《奇夢人生》

二〇二三《象棋的故事：茨威格中短篇小說精選》（作家榜經典名著）

二〇二三《一個陌生女人的來信：茨威格中短篇小說精選》（作家榜經典名著）（臺版譯名：《一位陌生女子的來信：茨威格中短篇小說精選》）

二〇二三《一個女人一生中的二十四小時：茨威格中短篇小說精選》（作家榜經典名著）

一位陌生女子的來信：茨威格中短篇小說精選 / 史蒂芬．茨威格著；楊植鈞譯 . -- 初版 . -- 臺北市：時報文化出版企業股份有限公司 , 2024.06
224 面；14.8×21 公分 . --（愛經典；80）
譯自：Brief einer unbekannten
ISBN 978-626-396-365-8（精裝）

882.257 113007533

本書譯自 Paul Zsolnay 出版社
2018 年版 *Vergessene Träume: Die Erzählungen*
2019 年版 *Verwirrung der Gefühle: Die Erzählungen*
S. Fischer 出版社
1985 年版 *Brief einer Unbekannten Die Hochzeit von Lyon Der Amoklaufer*

作家榜®经典名著
读经典名著，认准作家榜

ISBN 978-626-396-365-8
Printed in Taiwan

愛經典 0 0 8 0

一位陌生女子的來信：茨威格中短篇小說精選

作者—史蒂芬．茨威格｜譯者—楊植鈞｜編輯—邱淑鈴｜企畫—張瑋之｜美術設計—FE 設計｜校對—邱淑鈴｜總編輯—胡金倫｜董事長—趙政岷｜出版者—時報文化出版企業股份有限公司　108019 臺北市和平西路三段二四〇號四樓　發行專線—（〇二）二三〇六—六八四二　讀者服務專線—〇八〇〇—二三一—七〇五、（〇二）二三〇四—七一〇三　讀者服務傳真—（〇二）二三〇四—六八五八　郵撥—一九三四四七二四時報文化出版公司　信箱—10899 臺北華江橋郵局第 99 信箱　時報悅讀網—http://www.readingtimes.com.tw｜電子郵件信箱—new@readingtimes.com.tw｜法律顧問—理律法律事務所　陳長文律師、李念祖律師｜印刷—勁達印刷有限公司｜初版一刷—二〇二四年六月十四日｜定價—新台幣三八〇元｜（缺頁或破損的書，請寄回更換）

時報文化出版公司成立於一九七五年，並於一九九九年股票上櫃公開發行，於二〇〇八年脫離中時集團非屬旺中，以「尊重智慧與創意的文化事業」為信念。